El polizón del buque fantasma

Javier Sánchez-Beaskoetxea

Javier Sánchez-Beaskoetxea

ISBN: 8460870128
ISBN-13: 978-84-608-7012-8

Cuando el tercer oficial Paul Dekker ordenó por la radio al personal de cubierta retirar la escala del práctico, después de que éste hubiera regresado a su lancha una vez pasada la última boya del East Lamma Channel a la salida de Hong Kong, el capitán del "CSCL Mu Cephei", Bernard Fokke, ordenó avante media. Navegaban ahora a unos siete nudos al rumbo 146 inmersos en esta zona de abundante tráfico de buques hacia el sur de la isla Po Toi para desde ahí entrar ya en aguas libres. Luego seguirían a toda máquina trescientas setenta millas, unas quince horas, para pasar a ocho millas al sur de Taiwán y desde allí cruzarían todo el Océano Pacífico hasta su destino final en el puerto de Los Ángeles, en los EE.UU., a donde esperaban llegar en algo menos de once días, si todo iba bien. Sería un largo viaje de seis mil trescientas ochenta millas, casi doce mil kilómetros. Si quisieran podrían recortar un poco el viaje navegando por el Estrecho de Taiwán, pero eso significaría cruzar por una zona de mucho tráfico marítimo llena de imprevisibles barcos de pesca, y una ganancia tan pequeña en un viaje tan largo no compensaba el aumento del riesgo de colisión.

Eran poco más de las cinco y media de la mañana del domingo veinticuatro de mayo y las últimas luces de la ciudad de Hong Kong se iban apagando mientras el Sol del trópico, que empezaba su rápido ascenso hacia el cielo en un día caluroso y pegajoso, bañaba ya con una luz cada vez más clara la moderna gran metrópoli asiática. El capitán Fokke terminó de supervisar la maniobra de izado de la escala desde el alerón de babor, a casi sesenta metros sobre el agua, y después se metió en el puente para sentir el frescor del aire acondicionado y para comprobar, una vez más, que todo funcionaba como debía.

Durante las últimas semanas, el capitán Fokke, un viejo marino holandés alto y espigado y de rostro curtido por los muchos años que llevaba en la mar, y su tripulación formada por veintiuna personas de siete nacionalidades diferentes habían estado supervisando junto a otros inspectores de la naviera y varios ingenieros del astillero de Hyundai Heavy Industries, de Ulsán, Corea del Sur, en el que se había construido el "CSCL Mu Cephei", que todo funcionara a la perfección. Se habían probado todos los sistemas de a bordo, desde los equipos más sofisticados de navegación y de control de la gigantesca maquinaria del barco, hasta el último de los elementos de seguridad. Se habían hecho las pruebas de mar y se había sometido al gigantesco buque a todo tipo de ensayos con un resultado perfecto en todos los casos como no podía ser de otra manera en el buque más moderno que se había construido nunca hasta entonces.

Sin embargo, un buen capitán, como lo era el veterano Bernard Fokke, no podía dejar de estar preparado ante cualquier contingencia, y todo momento era bueno para probar un buque en su viaje inaugural.

Así que Fokke, una vez ya fuera de las aguas de Hong Kong, su puerto base, puso a prueba de nuevo todos los equipos hasta quedarse satisfecho. Después se dirigió al rincón del puente donde tenían una pequeña cafetera, se sirvió un café y charló un rato con su tercer oficial, que le acompañaba en el puente durante la maniobra mientras el primero y el segundo controlaban las operaciones a proa y a popa de la nave.

El "CSCL Mu Cephei" no solo era el buque más moderno del mundo, sino que era el mayor barco que se había construido jamás en toda la historia de la navegación marítima. Era el primero de la nueva generación de ULCV, Ultra Large Container Vessel, o Buque Portacontenedores Ultra Grande, con capacidad para transportar en un solo viaje más de veinticinco mil TEUs, contenedores de veinte pies, superando en más de seis mil TEUs a su hermano pequeño, el "CSCL Globe", y al buque "MSC Oscar", de la naviera MSC, que a principios de 2015 había entrado en servicio para operar en el mercado como el mayor buque portacontenedor del mundo con sus diecinueve mil doscientos veinticuatro TEUs de capacidad.

Pero la naviera china CSCL, China Shipping Container Lines, quería dar un paso más allá y hacerse con el pedazo más grande del inmenso pastel del transporte de contenedores por vía marítima, un negocio que no paraba de crecer en todo el mundo, sobre todo en Asia. Así que había encargado al astillero de Hyunday la construcción de cinco megabarcos de veinticinco mil doscientos TEUs. El "CSCL Mu Cephei" era el primero de los cinco en entrar en servicio en la línea entre Hong Kong y Los Ángeles. Era un barco tan grande que no podía pasar por el Canal de Panamá, ni siquiera podría hacerlo con la ampliación que se le estaba haciendo, y tampoco podía operar en gran parte de los puertos más habituales para este tipo de buques a nivel mundial.

Pero todo esto no era ningún problema, ya que la apuesta de la CSCL era la de crear una línea regular servida por cinco buques de última generación de ULCV que solo tocarían Hong Kong en Asia y Los Ángeles en EE.UU., línea que se complementaría con las otras que ya tenía en funcionamiento con sus otros barcos, algunos de los cuales habían sido los mayores del mundo hasta pocos años antes. Con estos cinco barcos navegando a veintiséis nudos podían ofrecer a sus clientes un servicio regular entre Asia y América en menos de once días y con salidas cada dos días y medio.

Con esta jugada, la naviera CSCL se haría con la mayor parte de los miles de clientes que demandaban este tipo de transporte regular y rápido en esta importante arteria marítima entre Asia y Estados Unidos. Era la forma perfecta de engrasar la maquinaria que mueve el comercio mundial, ya que el "CSCL Mu Cephei" podía transportar en un solo viaje la misma cantidad de contenedores que casi trece mil camiones.

Por supuesto el diseño de estos buques tan grandes había sido un verdadero reto para los ingenieros navales, que habían tenido que crear soluciones nuevas a los nuevos problemas de resistencia que planteaba un casco tan largo y con una carga tan variada como es la de los contenedores. Además, la alta velocidad demandada por el servicio para el que eran diseñados obligaba a mejorar cualquier aspecto de la hidrodinámica del buque y de la eficiencia del gigantesco motor que lo impulsaba para que el consumo de combustible no se disparara más allá de lo razonable. Si no, el precio del flete que se cobraría a los clientes no compensaría las ventajas de la rapidez y la regularidad de la línea ofertada.

Y no solo el diseño de los buques había tenido que experimentar un gran avance tecnológico, sino que todo lo que rodea al transporte de contenedores en este tipo de buques había debido evolucionar con mucha rapidez. Aspectos como el tamaño de las grúas de los puertos que realizan la carga y la descarga de los contenedores en el barco; los programas informáticos sin los que sería imposible controlar los miles de movimientos de estos contenedores entre el buque y los muelles de almacenaje y su transporte y distribución en camiones y trenes ya en tierra; el control aduanero de tal cantidad de mercancías de todo tipo, algunas con restricciones legales o necesidades especiales para no romper la cadena del frío, como en el caso de mercancías perecederas;… En fin, un buque tan enorme necesita que toda la industria auxiliar que hay a su alrededor pueda trabajar a su misma escala. Una escala más allá de la humana.

El capitán Fokke se acercó a la ventana central del puente y miró hacia la proa de su inmenso buque. Al ser el primer viaje, el barco no iba a navegar a plena carga, con lo que desde el puente se podía ver el castillo de proa, lo que sería imposible con el buque totalmente cargado, cosa que sería lo habitual unos pocos viajes después. A pesar de su larga experiencia en otros buques de gran tamaño, como los petroleros ULCC (Ultra Large Crude Carrier o Buque Petrolero Ultra Grande) de más de cuatrocientas mil toneladas de capacidad de carga en los que había trabajado como tercer y segundo oficial cuando era joven, Bernard Fokke no podía dejar de admirar las dimensiones colosales del "CSCL Mu Cephei".

La eslora total del buque, desde la popa hasta la proa, era de cuatrocientos sesenta y cinco metros, superando los cuatrocientos cincuenta y ocho metros y medio del superpetrolero "Jahre Viking", el mayor buque construido hasta la aparición del "CSCL Mu Cephei" y que era capaz de transportar en un solo viaje más de quinientas sesenta y cinco mil toneladas de petróleo. Era, por tanto, bastante más largo que los casi cuatrocientos metros del "CSCL Globe" y del "MSC Oscar", el primero y el segundo portacontenedores más grandes del mundo hasta que el "CSCL Mu Cephei" había salido del astillero. Y por supuesto, era mucho más largo y enorme que los mayores cruceros del mundo, el "Allure of the seas" y su gemelo el "Oasis of the seas", que se quedaban solo en los trescientos sesenta y dos metros, o sea, a más de cien metros de diferencia con el "CSCL Mu Cephei".

La anchura del "CSCL Mu Cephei" era de setenta metros y a plena carga tenía un calado máximo de quince metros y veinte centímetros, ya que si fuese algo mayor no podría operar en casi ninguna terminal de ninguno de los mayores puertos del mundo. Para poder navegar a la velocidad de veintiséis nudos, este enorme barco disponía de un gigantesco motor MAN de ochenta y cinco mil kilovatios de potencia y de casi veinte metros de altura que hacía girar una enorme hélice de cuatro palas de paso fijo de un diámetro de doce metros. Una máquina que consumía más de ciento veinte toneladas de combustible cada día que surcaba los mares a plena potencia.

Incluso su nombre respondía a sus colosales magnitudes, ya que la estrella Mu Cephei, situada a dos mil cuatrocientos años luz, es la mayor estrella que el ojo humano desnudo puede ver desde la Tierra y, por esas cosas del azar cósmico, es la estrella polar que vería un habitante de Marte, si es que alguna vez se instalara una colonia humana en el planeta rojo. Y así, con estas dimensiones estelares y un nombre a escala del universo, el "CSCL Mu Cephei" se destacaba de los anteriores grandes buques de la CSCL, bautizados con nombres hacían referencia al globo terráqueo y a varios planetas del sistema solar. Sí, "CSCL Mu Cephei" era un nombre muy adecuado para este coloso en el que navegaban ahora, pensaba Bernard Fokke mientras disfrutaba de la visión del barco bajo su mando.

Pero lo que más le maravillaba al capitán Fokke era el hecho de que ese navío gigantesco, la mayor máquina móvil construida por el ser humano jamás, podía funcionar a la perfección solamente con una tripulación de veintiuna personas, con las que tanto la inmensa sala de máquinas, el ultramoderno puente, como todos los elementos de amarre, además del servicio de fonda, estaban controlados las veinticuatro horas del día, todos los días del año y en cualquier parte del mundo de una manera eficaz y perfectamente planificada.

Bernard Fokke se dirigió hacia el alerón de babor y echó una última mirada hacia la lancha del práctico que ya regresaba veloz hacia el puerto de Hong Kong. La luz del fuerte sol de la mañana en esta zona tropical iluminaba ya la costa deslumbrándolo todo y el capitán Fokke se entretuvo un momento para admirar la belleza de un instante único. Pese a sus muchos años en la mar, no dejaba de disfrutar de poder descubrir cada día una nueva sensación o un nuevo paisaje en un mundo que conocía bien y al que había dado varias veces la vuelta a bordo de muchos barcos. Siempre era un placer para él deleitarse con esos pequeños detalles que hacen de algunos instantes de la vida algo maravilloso e irrepetible. Y por eso, porque Fokke era consciente de lo efímero del placer, no desaprovechaba la ocasión de gozar de cada instante que se le presentaba, y la salida de Hong Kong en una mañana como la que tenían y en un barco tan fantástico como el suyo era uno de esos momentos con los que extasiarse.

Y justo entonces, en ese preciso instante de placer, mientras Fokke miraba a Hong Kong en un momento de pleno goce, una desconocida corriente de energía atravesó todos los circuitos electrónicos del buque causando un fugaz parpadeo de los monitores, tan breve que ningún miembro de la tripulación lo percibió. Y después, sin que tampoco nadie fuera consciente de ello, todo el gran barco se estremeció como se estremece la piel de un animal que siente el picotazo de un insecto del que no se puede deshacer.

Tras ese momento breve e intenso de deleite, Bernard Fokke entró de nuevo al puente y dedicó un momento a echar un último vistazo al monitor de su sistema electrónico de navegación para comprobar, una vez más, el plan de viaje previsto para las próximas horas del inicio del viaje hasta los Estados Unidos.

No podía siquiera imaginar el experimentado marino que esa visión de Hong Kong de la que acababa de disfrutar era la última que iba a tener tanto él mismo como cualquiera de los demás miembros de la tripulación del "CSCL Mu Cephei", como no podía saber la fatídica relación que unía el nombre estelar de su buque con el propio universo.

2

Bill Stappleton, el jefe de máquinas, conocía muy bien al capitán Fokke ya que ambos llevaban muchos años juntos en la CSCL navegando siempre en los buques más grandes de la empresa. Stappleton había nacido en Brighton y se había graduado en Ingeniería Marina en el Blackpool and the Flyde College, un centro de formación de marinos con gran prestigio en Blackpool, cerca de Liverpool. Era algo mayor que Bernard Fokke y seguramente estaba haciendo una de sus últimas campañas en la mar, ya que pensaba jubilarse pronto para poder vivir tranquilo en Brighton con su mujer y salir a navegar en su pequeño velero, que era lo que más le gustaba en el mundo.

Curiosamente al capitán Fokke lo que más le gustaba hacer cuando disfrutaba de sus periodos de vacaciones en tierra era salir a montar en bicicleta con su grupo de amigos, que se juntaban todos los fines de semana para recorrer los alrededores de Ámsterdam, y en especial los polders, esas tierras ganadas a la mar a lo largo de varias generaciones de holandeses. Era una zona llana, con rutas de poco tráfico, y se divertían rodando en bicicleta a toda velocidad, imitando a los ciclistas profesionales, antes de parar en algún bar a beber unas cervezas tras el esfuerzo del deporte.

Al terminar las maniobras de salida, a Stappleton siempre le gustaba subir al puente después de haber supervisado todo el trabajo de su equipo en la sala del control de la máquina. Así podía respirar un poco de aire fresco en el alerón y tenía la ocasión de intercambiar información con Fokke sobre cómo había ido todo. Además, aunque a él le gustaban mucho los motores y las máquinas, lo que le gustaba sobre todo era poder navegar en la mar, y para él era muy agradable subir al puente y observar a sus compañeros de puente mientras ejercían sus labores de navegación y mientras decidían a qué buques había que maniobrar y a cuáles simplemente se les debía prestar atención.

Había marinos que no se interesaban por el trabajo de a bordo si no era directamente de su departamento, pero Fokke y Stappleton se encargaban desde siempre de adiestrar a sus nuevos oficiales para que comprendieran que un buque no puede estar dirigido con total seguridad si no es mediante un único equipo de personas, de profesionales, que deben trabajar en todo momento codo con codo.

Ambos sabían que tan gran error comete un oficial de puente ajeno a los problemas que el manejo de los grandes motores marinos entraña, como un oficial de máquinas que desconozca totalmente la labor que se lleva a cabo en el puente de mando. En caso de una emergencia, todo el equipo debe saber qué puede esperar de sus compañeros, y tanto el jefe de máquinas del "CSCL Mu Cephei", Bill Stappleton, como su capitán, Bernard Fokke, lo sabían muy bien y aprovechaban cualquier momento para intercambiar su experiencia y aprender el uno del otro.

—¿Qué tal por ahí abajo? —preguntó Fokke a Stappleton en cuanto le vio llegar al puente.

—Todo bien, como estaba previsto —respondió Stappleton mientras dejaba sus guantes de trabajo y se servía un café—. Seguimos con ese pequeño problema en una de las válvulas de uno de los motores auxiliares, el que se detectó en las pruebas de mar, pero creo que ya sabemos dónde está el fallo y en pocos días lo habremos solucionado definitivamente. Por lo demás, todo está perfecto, han hecho un buen trabajo los del astillero, como no podía ser de otra manera.

—Está claro —dijo Fokke—. Se juegan su buena imagen. No sería bueno para ellos que el mayor barco del mundo, el más moderno, un barco que ha costado más de trescientos cincuenta millones de dólares, presentara fallos en su primer viaje. Supongo que habrán trabajado buscando el mejor resultado posible. En fin, cuando regresemos a Hong Kong dentro de unas semanas seguro que podremos confirmar si el "CSCL Mu Cephei" es tan perfecto como parece. Bueno, ¿y qué tal con los nuevos de la tripulación en la máquina?

—Parecen buenos, todos tienen una gran experiencia en diferentes buques. Solo hay uno, un chino, que es bastante novato. Es su segunda campaña en la mar, pero parece que tiene ganas de aprender. No creo que nos dé ningún problema. ¿Y por aquí arriba?

—Sin novedad. Ya nos conocemos bien y estoy muy satisfecho con todos ellos. Todos los oficiales de mi barco son marinos ya consolidados. Incluso el tercero está ya casi listo para poder ser primer oficial —esto lo dijo en voz más alta para que el tercer oficial, un joven compatriota suyo llamado Paul Dekker, lo oyera y se sintiera halagado por el trabajo bien hecho, pues Fokke sabía muy bien que un subalterno trabaja mejor cuando se alaba su labor y siempre aprovechaba la ocasión de hacerlo—. Tiene ya los días de mar necesarios y en cuanto saque el título de primer oficial podrá ir de segundo o de primero en cualquiera de los buques de la empresa. Bueno, siempre que la empresa lo quiera así, de lo que no tengo la menor duda. Y yo le daré mi visto bueno —sentenció mientras le daba una palmada en el hombro a Dekker, que miraba a través de los prismáticos el horizonte para controlar los buques que había en los alrededores del "CSCL Mu Cephei".

Mientras Fokke y Stappleton hablaban en el alerón, el primer oficial y el segundo oficial llegaron al puente. Ya habían terminado su trabajo a proa y a popa durante la maniobra de salida con los remolcadores y, como era costumbre en la empresa, todos los oficiales pasaban por el puente tras las maniobras para comentar cómo les había ido el trabajo en cubierta, informar si habían tenido algún problema y para recibir del capitán algunas últimas órdenes para el viaje que empezaba, si se daba el caso.

Esta vez no había mucho que decir. Todos los elementos de amarre y de maniobra a bordo estaban en perfecto estado y habían funcionado a la perfección, como se esperaba, y todos los marineros habían cumplido su labor con profesionalidad. El capitán Fokke se quedó satisfecho y dio permiso al tercero y al segundo para ir a desayunar y retirarse para continuar con sus labores de gestión del buque. El primero, por su parte, se quedaría en el puente hasta las ocho, hora de relevo de la guardia. En los buques modernos y en la marina mercante del s. XXI el trabajo no acaba nunca. Todos los oficiales deben dedicar mucho más tiempo que sus ocho horas de guardia a las labores de mantenimiento, a llevar al día todos los libros de a bordo, a tener actualizados los informes de todo tipo, a rellenar toda la burocracia de la carga según los países a los que se dirija el buque y a realizar un sinfín de comprobaciones de seguridad continuamente. En fin. Por suerte para los tripulantes del "CSCL Mu Cephei", al tocar solamente dos puertos y tener unos cuantos días de navegación entre la salida y la llegada podían hacer todas estas tareas sin demasiados agobios.

El primer y el segundo oficial eran dos marinos ucranianos, ambos de Odessa, la mayor ciudad portuaria del país. Se llamaban Anatoliy Mykhaylov y Andriy Zaichko y conocían bien a Bernard Fokke desde hacía años, ya que toda su carrera profesional la habían desarrollado en la misma empresa desde que entraron en los portacontenedores más pequeños de la naviera como alumnos en prácticas. Tenían más o menos la misma edad y habían coincidido en la Academia Marítima de Odessa, aunque no en el mismo curso. A Fokke le gustaba navegar con ellos, pues se llevaban bien y sabía que eran unos buenos profesionales, y eso le daba mucha tranquilidad.

Mykhaylov, el primer oficial que se quedaba de guardia hasta las ocho, tras observar desde el alerón a los buques que tenían por la proa se metió de nuevo en el puente. Todos los buques que había en las cercanías del "CSCL Mu Cephei" estaban perfectamente identificados tanto en la pantalla del radar como en el sistema de navegación electrónico, ya que todos los buques grandes tienen obligación de llevar conectado el AIS, un sistema dotado de un transpondedor, un emisor de señal, que transmite todos los datos del buque, como nombre, distintivo, bandera, puerto de origen y destino, además de los datos del GPS con el rumbo y velocidad del momento. Esos datos aparecen luego superpuestos a la situación de cada buque, tanto en el sistema de cartas electrónicas como en el radar, lo que facilita mucho el trabajo de los oficiales del puente. Pero Mykhaylov, a pesar de ser un marino formado en las nuevas tecnologías de navegación, había sido enseñado también en la sabia y prudente práctica de combinar las más modernas herramientas con las viejas prácticas marineras de siempre, y prefería ver a través de sus propios ojos lo que el radar y el resto de aparatos le mostraban en las pantallas. Los aparatos pueden fallar, pero el ojo de un experto es capaz de comprender la situación con facilidad, y eso, lo sabían bien todos los oficiales del "CSCL Mu

Cephei", evita muchas situación de peligro.

De repente sonó el teléfono del puente.

Mykhaylov contestó y después se dirigió a Bill Stappleton.

—Llaman de abajo, jefe. Es su tercero.

Victor Fialkovsky era el tercer oficial de máquinas. Era el oficial que menos tiempo llevaba en la CSCL, pero aun así, este ucraniano ya era bastante veterano y solía alternar el puesto de tercero con el de segundo oficial de máquinas cuando a la compañía le convenía. Stappleton confiaba mucho en él y en su rostro apareció un gesto de contrariedad, ya que esa llamada, cuando no hacía ni media hora que habían estado juntos en la máquina, significaba que algo no marchaba bien.

—¿Ocurre algo Victor?

—Bueno, jefe, no es que sea algo importante, pero he ido a comprobar de nuevo algunos de los sistemas eléctricos y uno de los cuadros de mando de los servicios auxiliares de navegación no responde. Lo estoy mirando de arriba a abajo, pero no veo dónde puede estar el fallo. Hasta hace un rato funcionaba perfectamente.

Stappleton se rascó la barbilla, gesto que a Fokke, que le miraba con interés, no le pasó inadvertido.

—Bien, enseguida bajo —respondió lacónicamente.

—¿Qué pasa? ¬—preguntó Fokke en cuanto Stappleton hubo colgado el auricular.

—No lo sé muy bien. Parece que hay un fallo electrónico en uno de los servicios auxiliares de navegación. Habrá que mirarlo con detenimiento. Aquí arriba podéis funcionar bien sin él, mientras no haya algún otro problema, pero es extraño, es una de esas cosas que nunca suelen estropearse.

—En un buque en alta mar puede estropearse cualquier cosa, ya lo sabes —dijo Fokke—. Bien, baja y me mantienes informado.

Y mientras el jefe de máquinas del "CSCL Mu Cephei" abandonaba el puente para ver si podía solucionar el problema que había surgido, Bernard Fokke no pudo sino contrariarse. Sí, seguramente no era un asunto de importancia, pero no le gustaba nada que las cosas empezaran a fallar en su buque nuevo nada más comenzar su primer viaje.

3

Era ya el final del primer día. No habían tenido más novedades a lo largo de la jornada y parecía que todo transcurría como estaba previsto. Siguiendo el plan de viaje que habían elaborado antes de la salida de Hong Kong, navegaban a toda máquina a veintiséis nudos al rumbo 092. En poco tiempo alcanzarían el way point señalado en la carta, diez millas al sur del faro de Eluambi, al sur de Taiwán, y cambiarían al rumbo 079 hacia el siguiente way point, un punto situado al sur de la isla de Lanyu. Después, navegarían hacia el sur de la isla japonesa de Okinawa y un poco más tarde, desde el sur de la isla de Izu, comenzarían a seguir una derrota ortodrómica, la línea más corta entre dos puntos de la esfera terrestre, hasta el lugar de recalada frente al puerto de Los Ángeles. La derrota ortodrómica les haría alcanzar latitudes más altas en la mitad del Pacífico norte, pero en esta época del año, y con un barco tan grande, eso no iba a suponer ningún problema y les permitía ahorrar unas quince horas en el total del viaje, y en el negocio del transporte de mercancías por vía marítima, sobre todo en las líneas regulares de contenedores, el tiempo es realmente dinero y un adelanto de quince horas era una buena recompensa.

El tercer oficial, Paul Dekker, llevaba poco más de media hora de su guardia de la tarde. Aunque se estaban encontrando con bastante tráfico marítimo, el "CSCL Mu Cephei" navegaba veloz sin ninguna dificultad, ya que la mar estaba en calma y la visibilidad era excelente. Llevaban ya unas quince horas navegando desde que habían salido de Hong Kong y todo marchaba sin ninguna novedad, por lo que Dekker se limitaba a comprobar periódicamente la situación del buque y a mantener controlados a todos los otros barcos que podían cruzarse en su derrota. Para ello tenía el apoyo del marinero filipino José Montelibano, que era quien estaba asignado a esa guardia para hacer labores de serviola y de timonel si hiciera falta controlar al timón manualmente.

Los oficiales de la máquina no habían podido arreglar aún el fallo electrónico que habían detectado nada más salir, pero por ahora no parecía que afectara de ninguna manera a la navegación por lo que el equipo del puente no estaba demasiado preocupado por ese asunto.

Mientras Paul Dekker estaba arriba, vigilando, los marineros ya habían terminado la cena y se entretenían en el salón comunitario charlando de forma distendida. Por su parte, el capitán Fokke y el resto de oficiales, salvo por supuesto Dekker, quien estaba de guardia en el puente, charlaban sobre diferentes asuntos sin importancia alrededor de la mesa mientras tomaban café. Los oficiales de máquinas a las órdenes del jefe Stappleton, como era habitual en los buques modernos con máquina desasistida, solo trabajaban de día, salvo imprevistos o emergencias, que no eran habituales pero sí normales. Así que estaban todos los oficiales del "CSCL Mu Cephei" presentes en la agradable tertulia que solía montarse cada noche mientras estaban navegando en alta mar. En puerto era difícil encontrar ratos de tranquilidad para hacer algo de vida social en el barco, y por ello a Fokke le agradaban especialmente estos momentos de relax después de las cenas, pues así se fomentaba el sentimiento de pertenencia al equipo, cosa importante ante cualquier emergencia a bordo. Es cierto que la cocina estaba prácticamente abierta las veinticuatro horas del día para que todos los tripulantes pudieran estar atendidos fuese cual fuese su turno, pero a Fokke le gustaba mantener, siempre que se pudiera, una rutina de comidas y cenas en común. Sabía que eso era bueno para tener un ambiente de trabajo a bordo agradable y para hacer la vida más fácil y familiar.

La conversación de esa tarde, como no podía ser de otra forma, además de los habituales chascarrillos sobre las familias y las aficiones de cada uno, se estaba centrando también en el propio buque, ya que para todos era un orgullo poder ser tripulantes del mayor barco de la compañía y del mayor buque del mundo en su primer viaje. Además, aunque todos tenían la experiencia de haber navegado en los otros grandes portacontenedores de la naviera, el "CSCL Mu Cephei" estaba realmente a otra escala. Todo era mucho más grande que en cualquier otro barco, y en todos los detalles se notaba, incluso en el salón en el que estaban ahora los oficiales charlando, puesto que, sin tener el lujo de un trasatlántico de época, estaba decorado más como un salón para pasajeros de primera clase de un crucero que para la tripulación de un buque mercante. Y esto era algo que se agradecía, puesto que un ambiente cómodo y acogedor en un buque hace que el duro trabajo sea más llevadero.

Un par de horas después de la cena, el electricista chino Ho Chun Li descansaba en su camarote. Llevaba los últimos tres meses embarcado, antes en otro barco de la compañía y ahora en éste, y le quedaban aún otros dos meses para regresar a su casa de Panyu, cerca del gran puerto de Guangzhou, al sur de China. La verdad era que no le gustaba mucho su trabajo en la mar, pero al menos en esta empresa los barcos eran grandes y cómodos y no le pagaban mal, con lo que en pocos años, si seguía ahorrando como hasta ahora, podría quedarse en su pueblo y montar un pequeño taller de reparaciones de motos, que era lo que más le gustaba.

No tenía mucho sueño, así que por ahora solo estaba tumbado en su cama ojeando una revista pornográfica china mientras escuchaba música moderna a través de una emisora de radio de Taiwán. El día había sido duro, ya que Bill Stappleton, su jefe de máquinas, que cuando estaba a bordo solo pensaba en su trabajo, quería probar todos los equipos recién estrenados para no encontrarse con más sorpresas en estos primeros días de rodaje del "CSCL Mu Cephei". Así que Chun Li, como otros compañeros, se había pasado todo el día trabajando sin parar apenas para comer algo.

Y mientras Ho Chun Li se deleitaba viendo algunas fotos de dos atractivas chinas siendo penetradas por dos chinos gordos con cara de viciosos, algo le llamó la atención en el mamparo exterior.

Ya era de noche cerrada, por lo que no entraba ninguna luz por el portillo. Por eso, cuando Chun Li notó ese sutil cambio de color de su camarote dejó de mirar la revista e intentó concentrarse para saber qué era lo que pasaba. Todos los tripulantes de un barco saben que aunque estén de descanso en su camarote siguen estando en un buque en mitad de la mar y ante cualquier emergencia deben estar preparados por si hay que regresar al trabajo, o, peor aún, si hay que subir a cubierta y abandonar el barco, que es algo que ocurre muy pocas veces, pero que siempre hay que tener presente.

Así que Chun Li quería saber cuanto antes si lo que había percibido era señal de algún peligro o si había sido fruto de su imaginación. No había sonado ninguna alarma, así que si algo estaba sucediendo en el buque, los tripulantes de guardia no se habían enterado.

Pero Chun Li nunca sabría qué era lo que pasaba. Primero, porque ni siquiera le iba a dar tiempo a darse cuenta de lo que le iba a ocurrir, y segundo, porque aunque le hubiese dado tiempo, ni su mente ni la de nadie estaba preparada para entenderlo.

Chun Li dejó la revista en la mesilla y se levantó de la cama para buscar el origen de eso que le había llamado la atención. Echó un vistazo por el portillo para ver si es que había algún incendio en cubierta que explicara ese extraño cambio de luz que había percibido.

Pero por mucho que miró no alcanzó a ver nada raro.

Luego se giró y lo que vio le hizo creer por un instante que debía de estar soñando, porque donde hacía un momento estaba la puerta de su camarote y un mamparo, ahora solo pudo percibir un ligero temblor, algo como una onda en el aire, una onda seductora, hipnotizadora que atrajo su atención de forma fatal para él. Y después, tras esa ligera y trémula ondulación que le había cautivado tanto, el joven chino vio algo que jamás un ser humano había visto y que nadie hubiera podido siquiera describir en un millón de años. Y era algo tan maravilloso que, al ser atraída sin remedio hacia lo que quisiera que fuera aquello, la mente del electricista chino fue anulada y se separó de su cuerpo y, acompasándose al ritmo de la ondulación que se había formado de la nada, se disipó en ella.

Y tras su mente, el propio cuerpo de Ho Chun Li también se desvaneció de la misma manera para siempre, como se disuelve una minúscula lágrima en un vasto océano, como desaparece una ligera voluta del humo de un cigarro en un huracán, como muere un grito ahogado por las fuertes manos de un estrangulador.

4

El segundo oficial, Andriy Zaichko, llevaba ya casi dos horas de guardia desde que había relevado a Paul Dekker a media noche. Rene Monsod, un marinero filipino al que conocía muy bien, le ayudaba en las labores de vigilancia, así Zaichko podía trabajar tranquilo en los equipos de navegación y en el Cuarto de Derrota sin tener que estar todo el rato con un ojo fuera del buque.

Quedaban ya pocos minutos para las dos de la mañana, que era la hora a la que le tocaba adelantar cuarenta y cinco minutos el reloj de bitácora, así que las guardias de noche que le correspondían en el viaje de ida a Los Ángeles se le iban a hacer más llevaderas y podría acostarse más pronto. Por el contrario, cuando volvieran de los Estados Unidos a Hong Kong, todas las madrugadas tendría que atrasar esos mismos minutos el reloj, así que esas guardias serían más largas y más pesadas para Andriy Zaichko y el marinero Monsod.

Esto se debía hacer así para acompasar la vida a bordo a las ocho horas de diferencia horaria que hay entre Hong Kong y Los Ángeles, de forma que al llegar a su destino la hora del "CSCL Mu Cephei" fuese la misma que la hora de la costa oeste de los Estados Unidos. Y estos cambios de hora a bordo de los buques siempre se hacen de noche para interferir lo menos posible con la rutina del trabajo normal de cada día.

Además, este viaje a través del Pacífico tenía como

particularidad el que al tener que atravesar el meridiano de 180 grados, la línea de cambio de fecha mundial, también debían ajustar la fecha del calendario. Así, al navegar de Asia hacia los Estados Unidos debían repetir la fecha en la que pasaban esta línea, y al regresar a Hong Kong se saltaban una fecha al cruzar el meridiano de 180 grados. De esta forma no les ocurriría lo mismo que a Phileas Fogg, el protagonista de la novela de Julio Verne "La vuelta al mundo en ochenta días", al que se le olvidó tener en cuenta este hecho y llegó a Londres tras su largo viaje alrededor del mundo con un día de desfase entre su calendario y el de Inglaterra, ya que durante su agitado viaje de ochenta días la Tierra había girado ochenta veces sobre sí misma en sentido de Oeste a Este, pero él había dado otra vuelta entera a la Tierra en el mismo sentido de giro, sumando así un día más a los ochenta que había empleado en su gran viaje de vuelta al mundo.

A las dos de la madrugada, tras ajustar el reloj de bitácora dejándolo en las dos y cuarenta cinco minutos, Andriy Zaichko comprobó la situación en la carta electrónica y echó un vistazo a los buques que tenían en la zona para ver que todo siguiera sin novedad. Aún veía a babor las luces de tierra de la isla de Taiwán y podía situarse fácilmente con el radar, puesto que a la distancia a la que estaban de la costa la pantalla del radar le ofrecía una imagen bastante fiel. Teniendo el sistema de navegación de cartas electrónicas más avanzado del mercado realmente no era necesario obtener la situación por más métodos que el del GPS, pero no estaba de más comprobar la situación por demoras del radar, ya que no le costaba apenas nada hacerlo y siempre estaba bien comprobar la situación por más de un método.

Así que, tras trabajar un poco en el radar y ver que la situación que señalaba el GPS coincidía con la que había tomado él mediante la demora y la distancia radar a un punto de tierra, Zaichko salió al alerón de estribor para tomar el aire y relajarse un rato. La noche estaba muy tranquila y el cielo estaba bastante despejado y no había Luna por lo que podía admirar un impresionante cielo estrellado. Por la proa tenía la estrella Vega, uno de los astros más brillantes de la noche, y un poco a estribor veía a Altair elevándose sobre el horizonte. Hacia el sur, Saturno y Marte aparecían altos en el cielo y fácilmente visibles.

A Zaichko siempre le gustaba esta guardia nocturna. Aunque no era la mejor para adaptar el cuerpo a un ritmo de sueño parecido al de la vida en tierra, tenía la gran ventaja de que casi siempre era la guardia más tranquila de todas. Todo el mundo dormía y solo él y el marinero que le acompañaba estaban de guardia en todo el barco, por lo que normalmente no había interrupciones ni llamadas al puente con algún problema y podía estar relativamente relajado escuchando música o incluso charlando a través del VHF con algún otro oficial de guardia de algún barco cercano, sobre todo cuando tenía la suerte de que en otro barco de la zona hubiera algún compatriota suyo con el que poder charlar en su mismo idioma.

La única desventaja que tenía esta guardia era que nunca le tocaba ver amanecer, ya que a esa hora él siempre estaba durmiendo, y ver amanecer en la mar era de las cosas que más le gustaban al joven marino ucraniano.

Apoyado en el alerón, Zaichko se relajó un buen rato mientras el aire cálido le acariciaba el rostro. Tras observar, o más bien admirar, el cielo, echó un rápido vistazo a las luces de los barcos que navegaban por la zona y se cercioró de que todo seguía bajo control. Luego estuvo unos instantes extasiado viendo cómo el casco del "CSCL Mu Cephei" rompía la calma de la superficie de la mar a una velocidad que impresionaba para un barco tan enorme.

Salvo los buques de guerra, que son capaces de alcanzar velocidades altas, la mayoría de los barcos mercantes de todo el mundo no suelen navegar demasiado rápido, ya que el incremento del gasto en combustible no compensa la mayoría de las veces la ganancia de ir más rápido, salvo cuando el mercado de fletes está en uno de sus puntos álgidos y los navieros pueden cobrar más de lo normal por poner sus buques a disposición de los cargadores. Por ello, la velocidad habitual en casi todos los buques suele rondar entre los catorce y los dieciocho nudos. Sin embargo, los grandes buques portacontenedores son la excepción a la norma y no es raro que surquen los mares a más de veinte nudos para dar un servicio rápido a sus clientes y cumplir con las escalas anunciadas, que es la clave para que su negocio prospere. Y entre los grandes portacontenedores, el "CSCL Mu Cephei" era el más rápido de todos, un veloz caballo de carreras de cuatrocientos sesenta y cinco metros de longitud. Un verdadero monstruo colosal lanzado en una carrera vertiginosa a través del océano más grande del mundo.

De repente, mientras Zaichko disfrutaba de una agradable noche de navegación en alta mar, algo llamó su atención hacia popa. Un reflejo de tonos bermellones invadió por un instante el alerón en el que se encontraba. Fue algo muy fugaz, tan imperceptible que si en ese momento Zaichko hubiese parpadeado seguramente no lo habría visto siquiera. Pero lo vio y rápidamente se giró para saber qué era lo que pasaba.

Sabía, porque lo había comprobado varias veces, que no tenían ningún otro barco por la popa, y además, sería muy raro que algún buque les alcanzara sin que él le hubiese visto venir hacía ya rato. Para eso debería ser un buque capaz de navegar a una altísima velocidad, algún ferry rápido o algo así, pero en las aguas en las que navegaban ahora no había ninguna ruta para este tipo de barcos, así que descartó que fuese alguna otra embarcación haciéndoles señales con un reflector. Además, si ése fuese el caso la luz sería blanca y no rojiza y las señales serían insistentes, no un solo destello aislado.

Zaichko se asomó a la parte de popa de alerón e intentó buscar la causa de ese reflejo que había visto apenas un instante antes. Pero por mucho que estuvo atento no percibió nada raro. Por fin se cansó de mirar. Pensó que habría sido alguna luz proveniente del portillo de algún camarote y volvió a sus tareas, aunque, por si acaso, dejó al marinero Monsod encargado de que vigilara cada poco rato hacia la popa por si veía algo fuera de lo común.

Finalmente, cuando a las cuatro de la mañana Zaichko entregó la guardia al primer oficial, su compatriota Anatoliy Mykhaylov, que se quedaría al mando del buque hasta las ocho de la mañana con el alumno de puente, también ucraniano, Vitaly Zhuravsky, Zaichko ya se había olvidado del tema y ni siquiera se lo comentó a Mykhaylov.

5

Bill Stappleton se preparaba en su camarote para bajar a desayunar y entrar a trabajar después de una noche tranquila. Estaba deseando solucionar el problema del cuadro eléctrico de una vez por todas, porque no podía soportar la sensación de saber que algo en su nueva máquina no marchaba bien y no tener ni idea de qué era lo que pasaba. Si por lo menos supieran dónde estaba la avería podrían centrarse en encontrar la solución correcta, pero así, con una avería inexplicable, era muy frustrante trabajar.

Terminó de afeitarse, se peinó y con el buzo de trabajo ya puesto salió del camarote y bajó al comedor a desayunar unos huevos con panceta y un café ligero, como tenía costumbre. Allí, terminando ya el desayuno, estaban sus oficiales de máquinas y el primer oficial de puente, que acababa de bajar de su guardia tras una noche tranquila.

Al otro lado del comedor, varios marineros y engrasadores reían el chiste de alguno de ellos, pero como lo habían contado en chino no se enteraron más que los chinos de la tripulación.

El jefe de máquinas Stappleton terminó el desayuno y después bajó al control de la máquina con ganas de empezar a trabajar.

—Buenos días, jefe —le saludó el calderetero indio Rashmi Uday cuando le vio entrar.

—Buenos días Rashmi, ¿qué tal la noche?

—Bastante bien, he podido dormir de un tirón, pero me

he levantado pronto para ver si daba con el fallo en el maldito cuadro, pero no sé ni por dónde empezar.

—Bueno, ya lo solucionaremos. ¿El resto de cosas van bien?

—Sí, todos los sistemas funcionan correctamente, y no hemos tenido ningún aviso del puente, así que todo bien. Solo hay una cosa —añadió Uday con gesto de contrariedad.

—¿Sí? —respondió Stappleton con tono de preocupación. No le gustaban nada las sorpresas ni los imprevistos, que por otro lado son siempre habituales en los barcos, por muy nuevos que sean.

—Ayer, antes de ir a acostarme, quedé con el electricista Ho Chun Li en que ambos bajaríamos a la máquina antes que los demás para trabajar en ese problema del cuadro, pero no ha aparecido. Le he llamado al camarote y no me contesta. Es raro que se haya quedado dormido, pero no sería la primera vez. Quizás se le haya olvidado adelantar su reloj los cuarenta y cinco minutos que nos tocaba, quién sabe, son cosas que pasan a veces. Estaba esperando a que Ud. bajara para subir personalmente a despertarle. Es un buen hombre, pero a veces hay que pincharle un poco para que trabaje.

—Está bien, hable con él. Pero déjele claro que en mi máquina no acepto gente perezosa, y sabe perfectamente que puedo escoger personal con ganas de trabajar entre miles de candidatos.

—Descuide, no volverá a pasar. Se lo prometo —y bajando la cabeza por la humillación que para Rashmi Uday suponía no rendir él o uno de sus hombres al cien por cien ante su superior, salió corriendo hacia el camarote del electricista chino.

Cuando llegó junto al camarote del electricista chino, el calderetero Rashmi Uday golpeó con fuerza la puerta. Si

Chun Li se había dormido tenía que despertarse rápidamente. Pero nadie contestó. Volvió a golpear la puerta con más fuerza y llamó al electricista gritando su nombre por si estaba dormido. En circunstancias normales no abriría la puerta sin el permiso del tripulante, pero Uday pensó con acierto que aquellas no eran unas circunstancias normales así que finalmente se decidió a entrar. Agarró con fuerza el pomo de la puerta, empujó y descubrió, con gran sorpresa, que ésta estaba cerrada con llave.

Rashmi Uday no lo entendía. Es cierto que en un barco la intimidad es muy importante, pero aún lo es más la seguridad y era muy raro que un tripulante durmiera con la puerta cerrada. Ante cualquier emergencia eso dificultaría que le pudiera llegar ayuda desde fuera. Salvo serios problemas de convivencia entre tripulantes, nadie cerraría nunca su camarote para dormir.

Uday se dirigió al oficio que había junto a la cocina. Allí había una copia de todas las llaves de los camarotes y áreas comunes. Con la llave en la mano, regresó raudo y abrió la puerta del camarote del electricista con poca disimulada preocupación.

Al abrir la puerta esperaba encontrarse con alguna mala noticia. Si Chun Li no estaba dormido entonces era que le había pasado algo malo y Uday estaba realmente preocupado por el chino, pues un problema grave de salud a bordo siempre es una situación comprometida. Por suerte, pensó, si Chun Li estuviera enfermo aún estaban muy cerca de tierra y podrían evacuarle a un hospital de Taiwán en relativamente poco tiempo en helicóptero. Peor sería una emergencia médica unos días después, cuando el buque ya estaría navegando en la mitad de la nada entre Asia y América, lejos de cualquier ayuda exterior, donde un problema de salud importante en algún tripulante supondría un grave riesgo para su vida.

Pero al entrar en el camarote, el calderetero indio Rashmi Uday se encontró con algo que ni remotamente esperaba encontrarse.

6

—Bernard, tenemos un problema.

Bernard Fokke estaba sentado en el despacho de su camarote terminando el café y repasando documentación del viaje cuando el jefe de máquinas Bill Stappleton le llamó por el teléfono interno. A Fokke no le resultó extraño que le llamaran ya a primera hora. Sus órdenes a todos sus oficiales siempre incluían el que a la menor duda sobre algo que pudiera afectar a la buena marcha de la navegación y del trabajo a bordo le llamaran fuera la hora que fuera. Así podía dormir tranquilo sabiendo que los ojos de sus hombres eran sus propios ojos las veinticuatro horas del día. Por ello, no era raro que recibiera varias llamadas a lo largo de cada día de navegación.

—¿Qué ocurre, Bill? —respondió.

—Es uno de los hombres, el nuevo electricista. No sabemos dónde está —le informó Stappleton con una voz que no dejaba duda de la preocupación que sentía al transmitir a su capitán la información sobre la desaparición de uno de sus tripulantes.

—¿Cómo que no sabéis dónde está? —exclamó sorprendido Fokke—. Esto es un barco y, por muy grande que sea, las zonas en las que puede estar un tripulante son bastante limitadas.

—Lo sé, señor —cuando Bernard Fokke se ponía serio, incluso Stappleton guardaba las formas y respetaba la jerarquía, algo necesario en un barco para que la cadena de mando funcione siempre a la perfección—. Pero tengo a mis hombres mirando por todas partes del barco desde hace un rato y no aparece por ningún lado. Su cama está arrugada, como si hubiera estado tumbado encima, pero no ha sido abierta, así que suponemos que si le ha pasado algo ha sido ayer por la noche, antes de irse a dormir. A lo mejor salió a la toldilla antes de acostarse a tomar el aire y se cayó al agua. Es difícil que eso ocurra, pero no sería la primera vez que pasara algo así en un barco. Un desmayo, un resbalón,… Son cosas que pueden pasar.

—Bien, Bill —dijo de forma lacónica el capitán Fokke—. Seguid buscando y mantenme informado. Estaré en mi despacho un rato más y luego subiré al puente.

Cuando colgó el auricular Bernard Fokke torció el gesto y apretó los labios. Apenas llevaban un día navegando desde que salieron de Hong Kong y ya era el segundo problema imprevisto al que tenían que enfrentarse. Fokke no era supersticioso, pero no pudo pensar en otra cosa que no fuera que este viaje inaugural no había comenzado con buen pie, lo cual no le gustaba nada.

Decidió que esperaría un par de horas a ver si daban con el electricista antes de ponerse en contacto con la oficina en tierra para comunicar la desaparición del tripulante. Si era cierto que había caído al agua su familia tenía derecho a saberlo y él tenía la obligación de comunicarlo cuanto antes. Luego pensó en la cantidad de trámites que habría que completar para solucionar el problema legal que se les avecinaba. Un desaparecido a bordo es mucho más complicado que un fallecimiento. Y también pensó en la familia del chino, ya que, en la mayoría de los países, para dar por fallecido oficialmente a un desaparecido hay que esperar unos años, y esto es un tema muy importante a la hora de cobrar seguros y subsidios por viudedad u orfandad.

Luego Fokke valoró también la posibilidad de ordenar al puente que iniciaran una maniobra de "Hombre al agua" para volver a rumbo opuesto e intentar el rescate del náufrago, pero vistas las circunstancias, si Chun Li no había dormido en su cama y se había caído al agua, eso había ocurrido tal vez unas ocho o diez horas antes, o sea, que estaban a más de doscientas millas del punto donde el tripulante podría haber caído. Para cuando llegaran a esa zona serían otras tantas horas más, y teniendo en cuenta las corrientes era prácticamente imposible que lo encontraran, y eso suponiendo que aún siguiera vivo para entonces.

No. Fokke decidió que mandarían un aviso a la guardia costera de Taiwán con las coordenadas aproximadas del lugar del presunto accidente, ya que, de haber una posibilidad de encontrarlo ésa era, sin duda, la mejor opción. Aunque Bernard Fokke sabía bien que alguien perdido en el océano durante tantas horas no tenía prácticamente ninguna opción de ser rescatado con vida, incluso a finales de mayo, con buen tiempo y en aguas de Taiwán, que en esa época rondaban los veintiséis grados centígrados. Sí, una buena temperatura para bañarse, pero no para sobrevivir un día entero en alta mar sin nada más que la ropa de dormir.

Por último, Fokke pensó en que la empresa debería enviar a Los Ángeles a algún tripulante de relevo para suplir la baja de Chun Li. Ya eran bastantes pocos hombres a bordo para hacer todo el trabajo, así que un par de brazos menos era una pérdida importante.

Sí. Tenía muchas cosas que hablar con los de la oficina de tierra.

7

El "CSCL Mu Cephei" seguía su ruta sin inmutarse por las preocupaciones que llenaban las mentes de los hombres que lo manejaban. Su inmenso casco, a una constante velocidad de veintiséis nudos, cortaba como un cuchillo las aguas del Pacífico, un océano que estaba esos días muy tranquilo, casi excesivamente tranquilo, como llegó incluso a comentar alguno de los oficiales del gran buque al capitán Fokke. La expresión "una mar como un plato" se ajustaba perfectamente a lo que se estaba encontrando el "CSCL Mu Cephei" desde que había salido de Hong Kong. Esto hacía la vida a bordo más fácil, ya que, pese al gran tamaño de los buques modernos, un fuerte temporal con olas de través podía provocar un incómodo balanceo con una escora de más de cuarenta y cinco grados, y eso es algo que a ningún marino, por muy experimentado que esté y por muy grande que sea su barco, le gusta vivir. Y además, una escora demasiado grande provoca caídas de contenedores al agua, con el enorme papeleo que conlleva. No, era mucho mejor seguir con este buen tiempo todo el viaje y no sumar más contenedores perdidos a la lista de unos diez mil que se caen cada año de numerosos buques por los temporales en todos los mares del mundo.

Sí, pensaba el capitán Fokke, un océano tan agradable y benévolo haría que el viaje fuese más cómodo y más rápido, por lo menos durante los primeros días de la travesía. Para cuando estuvieran a mitad de camino, algo más al norte en el Pacífico, el parte meteorológico pronosticaba un oleaje algo mayor y vientos más fuertes, pero nada fuera de lo normal para la época del año en la que estaban. Si se debían enfrentar a más problemas en este viaje no sería por el mal tiempo, y eso tranquilizaba a la tripulación, y en especial a Bernard Fokke, el máximo responsable del buque, de la carga y de la tripulación.

Había transcurrido ya buena parte de la mañana sin que nadie supiera nada nuevo de lo que le había pasado a Ho Chun Li durante la noche. Los hombres, tanto en el puente, como en la máquina, comentaban el hecho con indisimulada preocupación. Casi ninguno había vivido nunca una situación semejante. Tan solo el segundo oficial de máquinas, el indio Ajay Devgn, comentó con los demás que una vez, en uno de sus primeros viajes como oficial en un bulk carrier chino hacía ya bastantes años, vivieron algo parecido durante un viaje de Sudáfrica a Brasil. Una mañana se habían encontrado con que el primer oficial de puente había desaparecido del barco. Lo buscaron todo el día, pero no lo encontraron por ninguna parte. Finalmente hallaron en un cajón de su camarote una carta dirigida a su esposa. Al parecer estaba pasando un momento muy delicado en su matrimonio y, a pesar de que nadie se había dado cuenta, estaba afectado por algún tipo de depresión, así que se dedujo que esa desaparición había sido un suicidio y así lo hicieron saber a la familia.

Cuando Fokke oyó esta historia, habló con los compañeros del electricista chino, y por lo que le contaron, era difícil pensar que Ho Chun Li se hubiera arrojado al mar a propósito. Pese a que no disfrutaba mucho en los barcos, según los compañeros que tenían más trato con él su humor era bastante bueno antes de comenzar el viaje y no paraba de hablar del taller que quería montar en su pueblo en pocos años.

No, pensó Fokke, esta desaparición no era un suicidio. No podía ser otra cosa más que un accidente. Un accidente muy extraño, eso era cierto, pero no la cabía otra explicación.

Pero en el mismo instante que pensaba sobre ello, al capitán Bernard Fokke se le ocurrió otra causa que podría explicar la extraña desaparición del tripulante. Y lo que le vino a la cabeza, en lugar de tranquilizarlo, lo dejó aún mucho más preocupado que antes.

Cogió el auricular y llamó a su hombre de confianza, Bill Stappleton.

—Bill, te espero en cinco minutos en mi camarote. Tenemos que hablar.

8

A punto de terminar su guardia de la mañana, el tercer oficial del "CSCL Mu Cephei", el holandés Paul Dekker, acababa de observar una vez más los movimientos de los buques que tenía a la vista. Todo marchaba sin novedad. Por la proa, un poco abiertos a babor, había un par de grandes petroleros a los que iban alcanzando rápidamente, pero Dekker se había asegurado de que contaba con margen suficiente como para adelantarles a una distancia prudencial sin tener que hacer ningún cambio de rumbo. Después tomó los prismáticos y salió al alerón de estribor. Llevaba ya un tiempo desde que había detectado en el radar un eco que se les acercaba por estribor, así que quería mirar con sus propios ojos si el buque que correspondía a ese eco, un portacontenedores de tamaño mediano, estaba ya a la vista, como así era. Dekker lo localizó por el horizonte, pero aún estaba bastante lejos. Lo anotó mentalmente para comentárselo al segundo oficial cuando le diera el relevo en pocos minutos, ya que le iba a tocar a él maniobrarlo, si es que el buque mantenía el rumbo. Había también algo de movimiento de pequeños pesqueros, pero ninguno cerca de su trayectoria, para su tranquilidad.

A Dekker no le gustaba nada navegar cerca de estas costas, siempre tan plagadas de embarcaciones de pesca de todo tipo. Por suerte esta vez hacía buen tiempo y la visibilidad era estupenda, pero así y todo, la presencia de pesqueros siempre es un quebradero de cabeza para los oficiales de guardia en los buques mercantes, sobre todo en uno tan grande y tan rápido como el "CSCL Mu Cephei". Este tráfico tan intenso y de rumbos muy cambiantes hace que las guardias sean muy estresantes puesto que obligan a los oficiales a tener siempre un ojo en el radar y otro en el horizonte. Además, los pesqueros en muchas partes del mundo ni siquiera suelen llevar el AIS, o lo llevan desconectado para que los demás pesqueros no sepan dónde echan las redes, lo que obliga a estar continuamente observando sus movimientos y cruzando los dedos para que ninguno intente cortar la proa del mercante de improviso.

Como no estaban muy lejos de algunas islas del sur de Japón, Paul Dekker tomó una demora y una distancia con el radar al faro Higashi Heiannagi, que se distinguía claramente en la pantalla del radar al estar en la punta de una pequeña península al sudeste de la isla de Miyakojima. Luego marcó la situación resultante en la carta electrónica y comprobó que coincidía con la situación que señalaba el GPS. Todo iba bien y el "CSCL Mu Cephei" se mantenía en la línea de rumbo del plan de viaje que estaban siguiendo.

Viendo que quedaba ya poco tiempo para que bajaran a comer tanto él como el marinero filipino José Montelibano que le estaba auxiliando en la guardia como vigía, y ya que todo estaba en orden y bajo control, Dekker dio permiso a Montelibano para que saliera antes de la guardia.

Paul Dekker se quedó solo en el puente. Nada raro y nada que supusiera problema alguno para él. Ya llevaba unos años navegando y tenía la experiencia suficiente como para poder hacer una guardia entera él solo, algo habitual cuando se navega en alta mar y en zonas de poco tráfico.

Además, en todos los barcos en los que los oficiales hacen guardias en solitario se activa la alarma de "hombre muerto", un sistema que hay que accionar una vez cada media hora. Si tras ese intervalo no se ha apretado el botón, salta una alarma, ya que ello puede significar que al oficial de guardia le ha podido pasar algo. Pero en esta ocasión no era necesario activar ese sistema, ya que en menos de quince minutos el segundo oficial Andriy Zaichko subiría al puente para tomar el relevo.

Así que Dekker salió de nuevo al alerón para tomar el aire fresco y disfrutar un poco de la tranquilidad de navegar a toda máquina sin ningún contratiempo sobre un barco tan majestuoso como era el "CSCL Mu Cephei". El sol apretaba ya con fuerza en esa zona del mundo, pero en el alerón, debido a la velocidad que llevaban, la sensación era bastante agradable.

De pronto, a Dekker le pareció ver un extraño reflejo en la cubierta de la magistral, cerca del mástil en el que se situaban las antenas de radio y comunicaciones. Miró hacia arriba con detenimiento, pero no logró distinguir nada extraño, así que volvió a apoyarse en la barandilla del alerón y a observar el horizonte.

Un par de minutos después, de nuevo sintió algo extraño así que decidió subir la escalera hasta la cubierta de la magistral para ver qué era lo que pasaba. Y según subía por la escalera, le pareció notar que la cubierta entera de la magistral se movía de su sitio. Y eso era algo tan increíble que ocurriera y fue una sensación tan breve y fugaz, que Paul Dekker al llegar a la cubierta de la magistral, la más alta del barco, simplemente decidió que solo había sido una extraña ilusión óptica debida seguramente a la refracción de la luz por la alta temperatura del aire en contacto con la chapa de acero de la cubierta.

Allí arriba no había nada fuera de lo normal, o por lo menos él no veía nada raro. La magistral, esa brújula de precisión que señala el rumbo de aguja, el que tiene como referencia el norte magnético, estaba donde debía estar y aún conservaba su funda protectora reluciente. Por si acaso, Dekker recorrió toda la cubierta intentando averiguar qué podía ser lo que le había llamado la atención. Pero no encontró nada fuera de lugar, así que bajó de nuevo al puente justo cuando su relevo, Andriy Zaichko, entraba por la puerta.

9

—Adelante, Bill —dijo Fokke a su jefe de máquinas con cara de preocupación—. Cierra la puerta por favor.

Stappleton se sentó en una de las butacas del despacho del capitán y su expresión era la de alguien terriblemente preocupado. Por un lado estaba la extraña avería del cuadro eléctrico que aún no habían podido solucionar, lo que le fastidiaba bastante. Luego estaba la desaparición del electricista chino, un tema serio a bordo, y ahora tenía que añadir a la lista de sus preocupaciones la mirada que Bernard Fokke tenía, una mirada que denotaba una intranquilidad que nunca antes había visto Stappleton en su amigo, un marino veterano que había vivido todo tipo de situaciones alarmantes a lo largo de su ya larga vida en la mar. Si Fokke estaba tan preocupado debía de ser por algo muy grave, y no acertaba a imaginar el jefe de máquinas inglés qué otra cosa podía ser más importante que lo que ya tenían entre manos.

—Bill. ¿Qué crees que le ha pasado al electricista? —le preguntó Fokke a Stappleton sacándole de sus pensamientos.

—Pues la verdad es que no lo sé —contestó con sinceridad—. Pero ha tenido que ser un accidente, he hablado con los hombres que le conocen mejor y creo que debemos descartar que se haya arrojado al mar en un acto suicida. No encajaría con lo que me han contado abajo.

—Sí, yo también estoy seguro de que no ha sido un

suicidio. Eso ya casi lo podemos descartar de la lista de causas probables.

—¿Y entonces? ¿Qué es lo que te preocupa tanto, Bernard? —dijo Stappleton—. Este tipo de accidentes ocurren todos los años en los barcos de todo el mundo. No es normal que alguien se caiga al agua, pero es algo que puede pasar.

—Ya, ya lo sé. Por muy bien que hagamos las cosas, por mucho cuidado que tengamos, nunca vivimos con un riesgo cero de accidentes cuando estamos a bordo. No, no es eso lo que pienso.

—¿Y qué es lo que piensas? —dijo Stappleton con preocupación.

Fokke se levantó de su butaca y echó un vistazo por la ventana de su camarote que daba hacia la proa. Contempló su barco que surcaba veloz el mar y pensó que a veces le gustaría ser tan solo una parte más del barco, que le gustaría navegar sin parar toda su vida, sin tener que enfrentarse a los problemas, a las preocupaciones, a las decisiones que debía tomar a diario. Sí, soñó que sería feliz tan solo siendo la proa del barco y rompiendo las olas con fuerza y saltando sobre ellas cuando hacía mal tiempo.

—Bernard, ¿qué es lo que te preocupa tanto? —le interrumpió Stappleton haciéndole volver a la realidad.

—Sí, Bill, perdona. He estado pensando en que es muy difícil que alguien se caiga por la borda en un barco como el "CSCL Mu Cephei", y más teniendo en cuenta que no hay una sola ola que haga que el barco se mueva. Alguien se puede caer al agua en un barco pequeño, o en medio de un temporal, o si ha bebido. Pero nosotros no nos movemos apenas, la regala de la cubierta está muy alta y no llevamos una sola gota de alcohol a bordo, y sería muy raro que el electricista hubiese traído de tierra algunas bebidas o algo de droga.

»No, no me encaja lo del accidente, y lo del suicidio por supuesto está descartado. Así que se me ha ocurrido otra explicación, Bill.

—¿Y cuál es, Bernard? –preguntó Stappleton con cierto temor a la respuesta de su capitán.

—Alguien ha hecho desaparecer a nuestro hombre. Alguien se ha peleado con él y lo ha matado y lo ha arrojado a la mar. O lo ha tirado a la mar para que se ahogue.

—¡Bernard! —exclamó Stappleton horrorizado—. Eso que dices es imposible, no ha habido ningún problema a bordo en todos los días que ha estado la tripulación embarcada haciendo las pruebas de mar y el resto de comprobaciones.

—Ya, ya lo sé. Pero es la única explicación que se me ocurre para lo que ha pasado. Es casi imposible que tú y yo sepamos todo lo que acontece a bordo con la tripulación. Ni siquiera creo que lo puedan saber el resto de los oficiales. Ten en cuenta que nuestros subalternos son gente que viene de entornos humildes de culturas diferente a las nuestras. Por muy buenas relaciones que tengamos a bordo entre toda la tripulación, no creo que lleguemos a tener la familiaridad suficiente como para que nos hagan confidencias sobre los problemas personales que puedan tener entre ellos. Y seguro que tienen muchos. La vida en la mar es dura y al estar lejos de casa surgen fricciones cuando menos te lo esperas. Una mala contestación, un mal gesto, alguien que se siente ofendido... Cualquier cosa que en tierra sería una nimiedad aquí puede desencadenar un verdadero conflicto personal.

Stappleton se quedó un rato pensativo. Lo que decía Fokke, por muy extraño que pudiera parecer, tenía sentido, ya que era una explicación lógica a la desaparición del electricista. Y mientras intentaba asimilar el que un hecho tan grave hubiese ocurrido en su barco, a Stappleton le llegó, como si de una revelación se tratara, una idea nueva, una idea casi más aterradora aún que la expresada por Bernard Fokke.

—Oye Bernard —dijo dirigiéndose a su capitán—. ¿Y si no ha sido ninguno de nuestros hombres quien ha hecho desaparecer al electricista? ¿Y si hay alguien más a bordo del "CSCL Mu Cephei"?

Fokke le miró mientras su cerebro procesaba lo que le había dicho su jefe de máquinas.

—¿Quieres decir que tenemos un polizón en el barco?

—Sí —contestó Stappleton—. Eso para mí sería más entendible que el hecho de que uno de nuestros hombres sea un asesino.

Bernard Fokke meditó sobre la idea del polizón, que podría ser más lógica que la del tripulante asesino.

—No sé. Es difícil que alguien se hubiera colado en el barco en Hong Kong, pero no lo podemos descartar, visto lo que ha pasado —comentó Fokke—. No debemos desechar ninguna posibilidad por ahora. Bien Bill. Intenta hablar con tus hombres para ver si Chun Li podía tener algún problema con algún otro miembro de la tripulación. Yo me encargaré de que Mykhaylov y Borodulin hagan una inspección discreta pero exhaustiva por el barco por si es cierto lo del polizón.

—Está bien —contestó Stappleton—. Hablaré con mis oficiales y con el calderetero, que es quien está más tiempo con ellos y además confío en él. Si ha podido haber algún problema entre la tripulación él lo averiguará.

—De acuerdo entonces, Bill. Pero procura hacerlo con mucho tacto, que no se note qué es lo que pensamos. Será mejor que esto quede entre nosotros dos. No quiero crear una psicosis a bordo y que todo el mundo crea que su compañero puede ser un asesino o que tenemos un polizón homicida a bordo.

—Descuida Bernard. Así lo haré.

10

Andriy Zaichko y Paul Dekker se saludaron como de costumbre. Mientras esperaban a que el marinero filipino Rene Monsod llegara al puente para auxiliar a Zaichko en su guardia, Dekker puso al día al oficial entrante sobre los demás barcos que tenían alrededor. Le comentó lo del portacontenedores mediano que venía por estribor para que estuviera atento cuando se cruzaran y luego le explicó también que había comprobado la situación del GPS comparándola con la situación que había obtenido con el radar y que todo estaba correcto.

Dekker ya se iba a retirar cuando decidió que era mejor decirle a Zaichko que le había parecido ver algo extraño junto a la magistral unos minutos antes. Estaba seguro de que era una tontería, de que solo había sido un espejismo o algo así, pero no estaba de más decírselo a su compañero para que él lo tuviera en cuenta si algo iba mal. Siempre es mejor pecar de precavido en un barco, pensó con acierto el joven oficial holandés.

—Una cosa más, Andriy —comenzó a explicar Dekker—. Seguramente habrá sido un espejismo por el calor en la chapa de la cubierta, pero hace unos minutos me ha parecido ver algo raro arriba, en la cubierta de la magistral. Si tienes luego un momento sube a echarle un vistazo.

—Gracias Paul, así lo haré —contestó Zaichko—. Ahora que lo mencionas, esta noche, mientras estaba de guardia con Monsod, también vi algo raro hacia popa. Fue un momento en el que salí al alerón. Me pareció ver una luz extraña, pero fue solo un instante y por más que miré después, no volví a notar nada raro. Supuse que sería alguna luz que salía del portillo de alguno de los camarotes que dan a popa. Pero, no sé, puede que tenga algo que ver con esto que me cuentas. Estaré atento. Luego subiré a ver si descubro algo que se nos haya escapado a los dos.

Mientras terminaban de despedirse, el marinero filipino Rene Monsod llegó al puente, así que Dekker dejó su guardia a Zaichko y bajó a la cocina a comer algo, ya que estaba ciertamente hambriento.

Monsod, por sugerencia de Zaichko, se apostó en el alerón con unos prismáticos para avisar a su oficial cuando el buque que venía por estribor estuviera más cerca. Mientras tanto, el marino ucraniano dedicó unos minutos a comprobar en la carta electrónica y en el radar que todos los ecos que aparecían los tenía bien identificados visualmente. Luego comprobó, por precaución, que la situación que Dekker había tomado mediante demoras del radar fuese correcta, y así se quedó completamente tranquilo de que la navegación del gran buque, que ahora dependía de su experiencia, atención y conocimientos, fuese lo más segura posible.

Una vez que consideró que todo estaba bajo control, Zaichko se sentó en la banqueta que tenían junto a la radio y sintonizó una emisora local japonesa para escuchar algo de música mientras observaba la proa. Le gustaba esa sensación de navegar a toda máquina con todo bajo su control. Le hacía sentirse un buen marino y disfrutaba de ello. En momentos así, pensó, no le importaría seguir navegando toda la vida, aunque también sabía que seguramente en pocos años estaría buscando un trabajo en tierra, ya que su mujer llevaba muy mal los periodos en los que él no estaba en casa y no hacía más que insistirle para que dejara de navegar. Sí, pensó Zaichko, la familia es lo que se sacrifica cuando eres marino, y no todo el mundo sirve para ello.

De repente un aviso del marinero desde el alerón sacó a Zaichko de sus pensamientos.

—Señor, creo que el buque que viene por estribor está cambiando de rumbo hacia babor. Ahora viene hacia nosotros.

Rápidamente Zaichko tomó unos prismáticos y comprobó que, efectivamente, el gran barco que tenían por estribor estaba virando a babor.

Se acercó al control del sistema de navegación electrónico y punteó al eco del buque. Efectivamente, lo que veían sus ojos también lo captaban los aparatos. Vaya, pensó, hasta ahora no tenía por qué preocuparse, pero con ese cambio de rumbo sus trayectorias se cruzarían con un margen de seguridad menor a las tres millas que el capitán Fokke consideraba seguras para el "CSCL Mu Cephei", así que tendría que maniobrarle, ya que el otro buque venía por estribor y tenía, por tanto, preferencia de paso si sus trayectorias se cruzaban como bien indicaba el reglamento internacional para prevenir los abordajes en la mar.

Zaichko dio orden a Monsod para que siguiera atento mientras él hacía un rápido cálculo cinemático en la pantalla del ARPA, el radar con sistema anticolisión, y comprobó que si no hacía nada, en unos quince minutos el otro buque les cortaría la proa a menos de dos millas, así que decidió meter veinte grados a estribor para aumentar esa distancia de seguridad con una maniobra que era bastante clara para que el oficial de guardia del otro buque se percatara de ella y actuara en consecuencia. No hay nada más peligroso cuando se cruzan dos buques que el que uno de ellos no sepa qué es lo que está haciendo el otro barco.

Y cuando Zaichko accionó el piloto automático para

meter veinte grados más a estribor al rumbo que llevaban, se percató de que pasaba algo que no debería pasar en un buque nuevo.

11

—Señor, perdone que le moleste, pero, ¿puede subir un momento al puente?

—¿De qué se trata, Zaichko?

—Al parecer la aguja no funciona, y además tenemos un barco cerca y preferiría que estuviera Ud. aquí, si es posible.

—Está bien. No se preocupe, ahora mismo subo —contestó Fokke contrariado por una posible nueva avería inesperada.

Fokke se puso de mal humor al oír que la aguja náutica tampoco funcionaba. Pero qué diablos estaba pasando con el "CSCL Mu Cephei", pensó. Todo había ido perfectamente las semanas anteriores a la partida, y ahora empezaban a tener extrañas averías una detrás de otra.

Bernard Fokke entró en el puente muy pocos minutos después del aviso de su segundo y lo primero que hizo es mirar hacia el buque al que debían maniobrar para ver que todo fuera correcto. Zaichko le puso al día y le comentó que había metido veinte grados a estribor para dejar un margen de seguridad más amplio cuando el otro buque había cambiado de rumbo. Fokke analizó la situación y le dijo a su oficial que había hecho bien, que la maniobra era correcta.

Luego, cuando ya vieron que la maniobra estaba dando el resultado que buscaban y que ya volvían a tener la proa clara y podían volver a su rumbo original, Fokke le preguntó a Zaichko por esa avería en la aguja que había comentado.

—Sí, mire. Cuando he ido a cambiar el rumbo, la giroscópica marcaba el rumbo correcto, el 054. He metido el 074 para la maniobra y entonces me he dado cuenta de que el rumbo de la aguja es el 180, algo que es imposible. Y lo más curioso es que cuando el barco ha caído los veinte grados que he metido, el rumbo de aguja no se ha movido, sigue estando al 180, ¿lo ve?

Ambos marinos se quedaron un rato sin hablar mirando los dígitos que señalaban sin inmutarse esos 180 grados en el rumbo de aguja. Los dos estaban pensando en qué es lo que podía haber pasado. Después Fokke decidió subir a la magistral para ver si alguien la había manipulado o si alguien en el astillero podía haber dejado algún objeto que estuviera ocasionando una interferencia magnética en la magistral y que explicara de alguna forma ese comportamiento tan anómalo. Pero al llegar arriba y al abrir la tapa de la magistral no vio nada extraño ni fuera de lugar. Todas las barras flinders y los imanes que adecuadamente colocados compensan la aguja de las propias perturbaciones del acero del buque estaban tal y como las habían dejado los compensadores de la aguja en las pruebas del astillero. Además, hasta ese momento no habían notado que el rumbo de aguja estuviera afectado de ninguna manera, pues había funcionado perfectamente hasta este momento. Y cerca de la magistral no había tampoco nada fuera de lugar, ni encontraron ningún imán ni ningún cable eléctrico extraño que pudiera estar distorsionando el campo magnético en esa zona del buque. Todo lo que vieron estaba correcto.

Zaichko comentó entonces al capitán Fokke lo de la extraña luz que le había parecido ver hacia popa a la madrugada y se acordó entonces de que Dekker le había dicho que antes de terminar su guardia había visto también algo raro en la cubierta de la magistral, así que bajaron de nuevo al puente y Fokke llamó a su compatriota Paul Dekker para que subiera al puente y le informara de lo que había visto.

Cuando llegó, Dekker les explicó que antes de terminar su guardia le había parecido ver algo raro en la cubierta de la magistral, pero no había visto a nadie ni podía explicar si eso tenía algo que ver con el mal funcionamiento actual de la aguja o con el resplandor que Zaichko había visto, o le había parecido ver, por la noche. Pero los tres pensaron que no podía ser una casualidad que justo tras observar Dekker algo raro cerca de la magistral la aguja comenzara a fallar.

Dekker, tras explicar con todo detalle lo que le había parecido ver, se marchó del puente y Fokke realizó algunos ligeros cambios de rumbo para ver si la aguja volvía a señalar el rumbo correcto y si se movía de ese rumbo 180. Sin embargo, el rumbo de aguja se mantuvo inmutable todo el rato en los 180 grados, es decir, señalando al Sur.

Y mientras llevaba a cabo estas comprobaciones, Fokke se dio cuenta de que en ningún momento en el panel de control de navegación se había activado ninguna alarma del fallo que, sin duda, la magistral estaba teniendo, y eso le preocupó más aún, ya que sin las alarmas no se darían cuenta de si algún otro instrumento de navegación funcionaba mal hasta que no lo comprobaran personalmente, y eso, a la velocidad del "CSCL Mu Cephei" podía suponer el que navegaran varias millas a un rumbo equivocado o que el barco no respondiera cuando lo necesitaran.

Por ahora podían seguir navegando sin problemas, mientras la aguja de la giroscópica, el girocompás al que todos los marinos llaman de forma familiar la giro, que no dependía del magnetismo terrestre, funcionara bien. Pero

Fokke sabía que siempre es más fiable la magistral que la giro, que no deja de ser un aparato electrónico más propenso a tener averías que la primera, una brújula de precisión que solo depende del propio magnetismo de la aguja y del magnetismo terrestre.

Así que Fokke tomó una decisión para asegurar la navegación en previsión de que otras averías inutilizaran algunos de sus sistemas modernos. Sabía bien que el doble sistema de navegación electrónico con el que contaban estaba diseñado para que funcionara incluso con una caída de la planta energética del buque y que contaba con doble entrada de señal de GPS, corredera y el resto de aparatos de navegación para evitar quedarse sin posibilidad de hacer una navegación segura en caso de avería.

Sí, pensaba Fokke, era imposible que un fallo les dejara sin los elementos electrónicos de ayuda a la navegación con los que contaban, pero también sabía que todos estos sistemas están diseñados para poder seguir funcionando ante fallos fortuitos, pero no ante un sabotaje. Porque Fokke estaba empezando a pensar en que no podía ser casual todo lo que les estaba ocurriendo a bordo, por muy inverosímil que le pareciera esta idea.

Fokke abrió uno de los armarios del cuarto de derrota y sacó el sextante y el cronómetro marino. Pese a que el "CSCL Mu Cephei" contaba con la última tecnología en cuanto a aparatos de navegación se refería, también estaba obligado a llevar estos viejos aparatos con los que generaciones de marinos habían navegado observado los astros del cielo cuando no existían sistemas electrónicos de navegación ni satélites en el cielo. Ambos aparatos estaban sin estrenar, pero Fokke los revisó concienzudamente. Comprobó el error de índice del sextante y luego se aseguró de que el cronómetro estuviera en hora y le dio cuerda. Ninguno de estos aparatos dependía de la electricidad para funcionar, así que, ante cualquier fallo eléctrico total, Fokke podría fiarse de ellos.

Con el sextante podían medir la altura angular sobre el horizonte del Sol y de otros astros, lo que les ayudaría a hacer los cálculos necesarios para obtener una situación astronómica de dónde estaba el "CSCL Mu Cephei". Y con el cronómetro podrían saber en todo momento la hora del meridiano de Greenwich, el meridiano de referencia de la longitud, y podrían comparar la hora del mediodía del lugar donde estuvieran con la del mediodía de Greenwich lo que les indicaría en qué longitud navegaban.

Luego Fokke ordenó al marinero Monsod que les dejara solos. No quería que la tripulación supiera lo que estaba pensando y se volviera paranoica ante la idea de un posible sabotaje, aunque el hecho de que le ordenara marcharse y lo que había visto y oído ya era suficiente como para que el marinero filipino saliera muy preocupado del puente.

Finalmente Fokke llamó a Bill Stappleton y al resto de oficiales de puente y los convocó a una reunión inmediata en el puente.

12

Cuando Monsod llegó al comedor de la tripulación se preparó algo de comer y un café y se sentó delante de un monitor de televisión en el que un compañero suyo, el marinero filipino Jayson Cayabyab, veía una película de ciencia ficción. Monsod comenzó a comer el bocadillo sin apenas prestar atención a la película y sin haber dicho una sola palabra desde que llegara al comedor. Y enseguida esto llamó la atención de su compatriota, quien descansaba un rato después de haber estado trabajando en cubierta toda la mañana en labores de mantenimiento con el contramaestre chino Donald Chan.

Jayson Cayabyab era un buen amigo de Rene Monsod y sabía que éste casi siempre estaba de buen humor y que era difícil estar junto a él sin que estuviera todo el rato hablando y contando chismorreos sin parar. Ambos eran del mismo lugar, Olongapo, un pequeño pueblo costero cerca de Manila, donde habían crecido juntos pescando hasta que al terminar sus estudios en la escuela primaria del pueblo habían empezado casi a la vez a navegar en los mercantes como marineros para ganarse la vida.

A Monsod le gustaba mucho hablar, y al verle allí, en la mesa, comiendo el bocadillo sin preguntar siquiera cuál era la película que estaban viendo, Cayabyab se preocupó.

—¿Te pasa algo, amigo? ¿Estás bien? —le preguntó a Monsod poniéndole una mano en el hombro.

—Pasa algo raro en el barco —contestó Monsod con cara

de estar muy preocupado por algo—. He visto un gesto de temor en el capitán. Ya le conozco desde hace años y no hubiese creído que algo pudiera intranquilizar a este hombre.

—¿Qué pasó?

—No lo sé bien. Anoche, estando de guardia, el segundo vio algo que le mantuvo inquieto un buen rato y me tuvo en el alerón más de una hora vigilando la popa en vez de la proa. No había nada, pero al hombre se le vio preocupado. Y este mediodía, hace un rato, algo no funcionaba bien en los equipos de navegación, creo que era la aguja que marcaba mal el rumbo. Y ha debido de ser algo grave, porque incluso ha llamado al capitán Fokke y éste me ha hecho bajar del puente después de que estuvieran un rato mirando en la cubierta de la magistral. Supongo que no querían que yo oyese lo que iban a hablar. Como te digo, es algo muy extraño.

—Sí que lo es. ¿Crees que tiene algo que ver con lo del chino que desapareció ayer?

—Supongo que no. Aquello fue un accidente y esto es una avería. Pero no me gusta nada esto que nos está pasando. Llevo muchos años navegando en muchos barcos diferentes, y es la primera vez que tengo esta sensación al inicio de un viaje.

—¿Sensación? ¿A qué sensación te refieres? —le preguntó Cayabyab con preocupación.

—Pues a la sensación de que algo malo nos va a ocurrir.

—Calla. Será mejor que no digas esas cosas. Trae mala suerte hablar así en un barco.

—Sí, ya lo sé. Pero no puedo evitar sentirlo.

Y Monsod y Cayabyab se quedaron en silencio mirando casi sin prestar atención a la pantalla de la televisión. La película que estaban viendo era "2001. Una odisea espacial" y en ese momento, en la escena que tenían delante, se veía a los dos tripulantes de la nave "Discovery" hablando de que el ordenador que controlaba todo, Hal 9000, estaba funcionando mal y que podría ser una buena idea el desconectarlo. Y para que Hal 9000 no les oyera hablar de desconectarlo se habían encerrado en una de las cápsulas para las misiones en el exterior, sin darse cuenta de que Hal 9000 les estaba leyendo los labios con lo que sabía lo que pretendían hacer con él. Algo que, simplemente, no podía permitir por el bien de la misión que le habían encomendado.

13

—¿Ocurre algo, señor? Preguntó el primer oficial Anatoliy Mykhaylov en cuanto entró en el puente. Era el último en llegar, así que ya estaban todos los oficiales más el jefe de máquinas reunidos con el capitán Fokke.

—Sí, Anatoliy —dijo Fokke con semblante serio—. Algo está pasando a bordo y no me gusta nada.

Todos los oficiales del "CSCL Mu Cephei" estaban intrigados. Salvo Zaichko y Dekker, que ya estaban al tanto de que algo raro había pasado a la magistral causando un error fatal en el rumbo de aguja, los demás no imaginaban el alcance de lo que Fokke quería decirles, pero estaba claro para todos que el problema al que se enfrentaban debía de ser muy serio, ya que era totalmente fuera de lo común el tener una reunión urgente con todos los oficiales en el puente.

Bernard Fokke miró al horizonte. Tenían la proa clara, ya que todos los barcos de la zona o estaban por detrás de ellos o venían con rumbos que dejaban amplios márgenes de seguridad al rumbo que seguía el "CSCL Mu Cephei".

—Señores —comenzó a hablar Bernard Fokke con tono serio—, creo que tenemos un problema inesperado y que puede ser importante, incluso creo que pudiera afectar a la seguridad del buque.

—Anoche Zaichko vio, o creyó ver, una extraña luz hacia la popa del barco, y esta mañana Dekker también ha notado que algo fuera de lo común ocurría arriba, en la cubierta de la magistral.

—Pero lo más preocupante de todo es que la aguja ha dejado de funcionar. Se ha quedado parada al rumbo Sur y no responde a los cambios de rumbo.

Cuando Fokke les dijo esto todos miraron al panel del control del sistema de navegación para comprobar que, efectivamente, el rumbo de aguja seguía señalando al 180 mientras que el rumbo de la giroscópica y el del GPS coincidían en el 054, que era el rumbo al que estaban navegando.

Después Fokke siguió hablando.

—No me gusta nada lo que está pasando en el barco. Primero la avería en el cuadro eléctrico abajo, luego la desaparición de uno de los hombres y ahora esto. Es todo muy raro y yo no creo en las casualidades.

Al decir esto, todos los oficiales del "CSCL Mu Cephei" se miraron consternados y se quedaron observando a su capitán. ¿Qué quería decir con que no cree en las casualidades? ¿Acaso estaba insinuando que alguien estaba detrás de todo lo que estaba pasando?

—Sí. Sé que suena muy extraño, pero es posible que alguien esté saboteando de alguna forma la buena navegación del "CSCL Mu Cephei". Y no descarto el hecho de que al electricista chino alguien lo haya arrojado por la borda.

Al oír esto el cuchicheo fue generalizado entre los oficiales del buque. Nadie en su sano juicio podría pensar que en un barco, en su barco, pudiera haber un asesino. En la marina mercante no son raras las peleas, todos lo sabían, pero en todos los barcos de la CSCL el ambiente de trabajo siempre había sido muy bueno. Nadie había visto nada que pudiera indicar un conflicto tan grave entre compañeros de trabajo que explicara la desaparición de un tripulante.

—Bien, señores. Tal vez no sea más que una paranoia

mía, pero me gustaría que a partir de ahora todos estuviéramos muy atentos a cualquier cosa que nos parezca extraña. Esas luces que Dekker y Zaichko han creído ver en la cubierta de la magistral tienen que estar necesariamente relacionadas con el fallo de la aguja, es evidente. Así que, a partir de ahora quiero que tomen las medidas necesarias para poder mantener en todo momento una navegación segura en previsión de que pueda fallar cualquier otro equipo.

»Ayer estuvimos charlando el jefe Stappleton y yo sobre la desaparición de Chun Li y llegamos a la conclusión de que es casi imposible que se cayera al agua accidentalmente, por lo que comentamos la posibilidad de que alguien se hubiera peleado con él y le hubiera hecho desaparecer. A ambos nos parece una idea absurda, pues no hemos detectado ningún problema de ese tipo entre la tripulación, pero es algo que no se puede descartar. Como tampoco podemos descartar que antes de zarpar de Hong Kong algún polizón hubiera entrado en el barco y que sea, de alguna manera, responsable de todo lo que nos está pasando a bordo, incluyendo la desaparición de Chun Li.

»Así que —siguió hablando Fokke—, por de pronto, y en previsión de que fallen más equipos de navegación, todos los oficiales de puente intentarán, mientras el cielo esté despejado, obtener una situación astronómica por lo menos una vez al día. Sobre todo en las guardias que coinciden con el amanecer, el mediodía y el anochecer. Ya sé que hace tiempo que no utilizan un sextante, pero siempre es bueno practicar las viejas artes de la navegación. Recuerden que somos marinos profesionales.

»Y por su parte los miembros del equipo de máquinas deberán observar un especial cuidado en comprobar los equipos principales y los auxiliares como si estos fueran viejos en lugar de pensar que, como es una máquina recién estrenada, es raro que ocurra algo. Ya saben que en un barco puede fallar cualquier cosa, y además lo hemos comprobado, por desgracia.

»Además, quiero que estén muy atentos a la relaciones entre nuestros subalternos. Tenemos que tratar de entender si ha habido algún tipo de desavenencias entre ellos que pueda darnos alguna pista. Y también quiero que se organicen para hacer una inspección a fondo del barco por si tenemos un polizón entre nosotros. ¿De acuerdo todos? ¿Alguna duda?

Muchas eran las preguntas que se hacían los oficiales del "CSCL Mu Cephei", pero nadie, ni siquiera el capitán Bernard Fokke tenía las respuestas que necesitaban. Y por mucho que pensaran en ello, nunca llegarían a saber a qué se estaban enfrentando en este viaje. Un viaje que iba a tener una trascendencia fundamental en sus vidas, y en las vidas de todas las personas de la Tierra.

—Está bien —terminó Fokke—. Que Borodulin y Mykhaylov se encarguen de formar los equipos de inspección. Y manténgame informado en todo momento de cualquier novedad. Eso es todo por ahora, vuelvan al trabajo.

Tras las palabras del capitán Fokke, todos regresaron preocupados a sus tareas. Solo Zaichko se quedó en el puente junto a su capitán, que salió al alerón para tomar el aire y relajarse un rato, un rato corto porque enseguida se le fue la mente y la mirada a la cubierta de la magistral. Aún no había dicho nada a la empresa sobre los problemas que tenían, pero no podía demorar más tiempo la comunicación que estaba obligado a tener con ellos para mostrarles sus preocupaciones. Aunque ya sabía que la única respuesta que le podían dar ante los fallos que habían detectado no podía ser otra que "Traten de solucionarlo lo mejor que sepan", junto a un escueto "Buena suerte". Fokke sabía que estaban solos, pero no podía imaginarse lo solos que llegarían a estar en poco tiempo.

Fokke regresó a su camarote y Zaichko se quedó a solas en su guardia, así que éste llamó a Monsod para que regresara al puente y se preparó para el siguiente way point al que se acercaban. Era el punto al sur de la isla japonesa de Okinawa desde el cual ya programarían una derrota ortodrómica hasta el lugar de recalada en las cercanías de Los Ángeles.

Zaichko miró en la carta electrónica para medir cuánto le faltaba aún para llegar al way point y vio que eran unas treinta y cinco millas, algo más de una hora, así que tras comprobar que tenía la proa despejada de barcos se dedicó un rato a repasar los cálculos de la navegación ortodrómica que iban a realizar. Por supuesto, todo esto lo hacía automáticamente el sistema de navegación del buque, pero a Zaichko, siempre que tenía tiempo, le gustaba usar una clásica calculadora científica de bolsillo y un papel para realizar por sí mismo los cálculos necesarios. Le gustaba pensar que así se mantenía en forma y además se quedaba más tranquilo sabiendo que, en caso de necesidad, podía valerse por sí mismo si algún equipo fallaba, y eso, en la situación actual que les había expuesto el capitán Fokke, no dejaba de ser una posibilidad muy real.

Al llegar a su camarote, Bernard Fokke se quitó los zapatos y se tumbó en la cama. Le hubiese gustado dormir un poco, pero la ansiedad que le causaba la situación actual no le dejaba relajarse lo suficiente, así que se decidió por leer algo mientras descansaba para despejar su mente aunque fuera solo unos minutos.

Tenía en su mesilla de noche un libro que había comprado en la escala de tránsito en el aeropuerto de Singapur cuando voló de Ámsterdam a Hong Kong para hacerse cargo del nuevo barco de la compañía. Hasta ahora casi no había podido leerlo con detenimiento así que pensó que ahora tenía la oportunidad de leer un rato tranquilo aunque solo fuesen unas pocas páginas.

El libro se titulaba "Leyendas de los mares" y era una recopilación de mitos e historias legendarias del mar, y algunos de los capítulos trataban sobre los buques fantasmas más famosos de la historia.

Fokke empezó a leer el capítulo dedicado al "SS Ourang Meran", un navío holandés que, según cuenta la leyenda, en 1947 fue encontrado en aguas del Estrecho de Malacca tras recibir otros buques una señal de socorro en morse enviada, supuestamente, desde el buque en la que se decía "Todos los oficiales, incluyendo el capitán, están muertos. Posiblemente, la tripulación esté muerta también", y luego el mensaje terminaba con un enigmático: "Y yo, estoy muriendo". Después el libro seguía explicando cómo al llegar un equipo de rescate a bordo del "SS Ourang Meran" se encontraron con toda la tripulación muerta, con todos los cuerpos quemados y con la piel llena de heridas. Además, todos los cadáveres estaban con los brazos extendidos hacia el cielo y con muecas de terror en sus rostros abrasados. Finalmente el libro explicaba que al intentar remolcar la nave a un puerto, ésta estalló de repente y se hundió, con lo que nunca se pudo hacer ninguna investigación seria sobre lo que pudo suceder a bordo de ese barco holandés. Por ello, multitud de historias y de explicaciones, a cual más absurda, habían sido expuestas para intentar aclarar el misterio. Desde explosiones debidas a la naturaleza de la carga que transportaba el buque y extrañas reacciones por la mala combustión del carbón de la máquina, hasta había también quien apuntaba a un supuesto intento de abducción extraterrestre, lo que explicaría por qué los brazos de los tripulantes fallecidos apuntaban hacia el cielo.

Bernard Fokke terminó ese capítulo y dejó el libro en la mesilla y sonrió. Ya había oído esa historia más veces, pero también sabía que era un cuento sin sentido, porque en realidad nunca había existido un barco llamado "SS Ourang Meran" que hubiera sufrido ningún siniestro. Fokke lo sabía porque había leído en una revista de marina mercante inglesa que cuando un historiador había intentado averiguar con seriedad la veracidad de esa leyenda, se descubrió que en ningún archivo de la época ni en ningún registro de buques de Holanda ni de otros países aparecía ese supuesto carguero holandés.

Tras esta lectura, y algo más descansado y relajado, Fokke volvió al puente. Estaban ya cerca del momento de comenzar la derrota ortodrómica y quería asegurarse en persona de que el equipo respondiera bien. Comprobó las coordenadas de los puntos de inicio y final de la ruta y repasó junto a Zaichko los resultados hasta que ambos marinos se quedaron satisfechos.

Poco después el sistema les avisaba de que estaban a punto de llegar al way point señalado. Revisaron todo y se cercioraron de que podían hacer el cambio de rumbo sin ningún peligro para los buques que había en las cercanías. Y cuando llegó el momento el "CSCL Mu Cephei" empezó a caer a babor lentamente. Fokke y Zaichko casi contenían la respiración mientras esperaban el resultado de la maniobra. Por fin comprobaron con alivio que la proa del barco se estabilizaba al rumbo correcto y vieron que todo marchaba bien.

Poco después llegó al puente el primer oficial, Anatoliy Mykhaylov, para darle el relevo a Zaichko. El capitán Fokke se quedó un rato más con su primero en el puente y finalmente, al ver que todo parecía seguir en orden, se retiró a su camarote a descansar un poco. En las próximas veinticuatro horas navegarían cerca de las costas del sur de Japón y seguramente tendría más trabajo que en el resto de la travesía del Pacífico, y quería aprovechar para descansar mientras pudiera hacerlo.

14

La tarde había transcurrido sin ninguna novedad a bordo del "CSCL Mu Cephei". La inspección que se había llevado a cabo en el barco en busca de un polizón no había dado ningún fruto, pese a que Borodulin y Mykhaylov habían recorrido de forma sistemática todas las estancias del buque inspeccionándolas con detenimiento.

Paul Dekker acababa de llegar al puente y se disponía a pasar una vez más sus cuatro horas de guardia junto al marinero José Montelibano. Se encontraban a unas sesenta millas al este de la isla japonesa de Okinawa. El Sol se acababa de poner por la popa y Dekker estaba preparado para poder obtener una posición astronómica en cuanto el crepúsculo le permitiera observar las estrellas. El tiempo era perfecto para ello. El cielo estaba despejado, la mar seguía en calma y las condiciones para usar el sextante y obtener unos datos de alturas precisas eran las óptimas que se podían desear.

Dekker preparó el sextante y también el cronómetro marino. Aunque parecía que el sistema de posicionamiento por satélite funcionaba bien, ésta era una buena ocasión para practicar la navegación astronómica. Mientras estudiaba la carrera en Holanda había sido un buen alumno en esta materia, pero en los buques modernos, salvo que a alguien le guste hacerlo, no es habitual usar este antiguo método, ya que la facilidad y la comodidad que ofrece la tecnología, además del exceso de trabajo burocrático, hacen que pocas veces un marino se dedique a obtener situaciones por medio de los astros. Como mucho, y si el tiempo es bueno, se mide la latitud al mediodía por el Sol, ya que es un cálculo sencillo y que ofrece un resultado muy bueno. Pero el resto de cálculos astronómicos, como la obtención de líneas de posición astronómicas mediante otros astros del cielo, ha quedado casi en desuso y por eso Dekker quería empezar a desempolvar sus conocimientos cuanto antes, tal y como les había ordenado el capitán Fokke vistas las circunstancias en las que estaban inmersos.

Esperó unos minutos más a que el Sol hubiera descendido bajo el horizonte unos seis grados para que se iniciara lo que se conoce como el crepúsculo náutico, que es el momento en el que el horizonte es perfectamente visible y al mismo tiempo los astros más brillantes ya se ven con claridad, con lo que es más fácil medir con el sextante a qué altura angular se encuentran sobre el horizonte.

Una vez que las estrellas ya se apreciaban bien, Dekker midió la altura de tres de ellas con el sextante y tomó con el repetidor de la giroscópica del alerón el azimut que tenían respecto al Norte. Antes las había elegido en el listado de las tablas rápidas americanas para tener los cálculos más precisos de la forma más rápida y sencilla.

Hacia el Este tenía a Arcturus, y tras tomar su altura con el sextante, Dekker anotó 49°-33'-08", con un azimut de 91,2 grados. Luego midió la altura y el azimut de Regulus: 67°-14'-04" y 233,6 grados. Y finalmente observó a Dubhe: 54°-40'-34" y 356,0 grados.

Todo ello lo anotó a las horas del cronómetro 08:33:58, 08:34:28 y 08:34:59. Sumó a estas horas el Estado Absoluto del cronómetro, que era cero en este caso, y el movimiento, que también era de cero, ya que Fokke había comprobado y sincronizado con Greenwich el cronómetro al mediodía y, puesto que estaban a la tarde, tomó como Horas de Reloj de Bitácora de las tres observaciones las 20:33:58, 20:34:28 y 20:34:59.

Después anotó la situación estimada en la que estaba el "CSCL Mu Cephei", para lo que utilizó la situación que le marcaba el GPS como si fuera una situación de estima, suponiendo que el receptor no marcara correctamente la situación en la que estaban.

Con esto ya podía hacer los cálculos para obtener de estos datos las tres líneas de posición que necesitaba para situarse con exactitud. La teoría es sencilla. En un momento determinado y en un lugar concreto de la Tierra la disposición de los astros visibles solo es una en concreto y es diferente a lo que observaríamos desde otro punto de la Tierra o en otro momento cualquiera, ya que la Tierra está rotando sobre su eje continuamente, con lo que todos los astros visibles a simple vista, que son el Sol, la Luna, algunas estrellas y los planetas Júpiter, Marte, Saturno y Venus, nos parece que atraviesan el cielo de Este a Oeste a lo largo de día.

Y un astro cualquiera, en un momento determinado, solo lo pueden ver con una determinada altura sobre el horizonte los observadores que estén en un mismo círculo sobre la superficie terrestre, círculo que tiene como centro el llamado Polo de iluminación del astro, que sería el punto de la Tierra donde dicho astro estaría justo en el cénit, o sea, sobre la cabeza exactamente de un observador. A este círculo se le llama Círculo de altura, y es el lugar geométrico en el que cualquier observador que esté sobre él ve a ese astro determinado con la misma altura sobre el horizonte, por lo que es una línea de posición.

Luego, con los datos medidos de estas tres estrellas y otros datos de coordenadas de los astros obtenidos del Almanaque Náutico del año, libro que han de llevar todos los buques, más el dato de la situación estimada en la que estaban, Dekker realizó una serie de cálculos matemáticos no demasiado complicados para un marino. Tras esto, dibujó sobre una carta de navegación los segmentos de los tres círculos de altura, ya que para los cálculos los tramos de círculos de altura se convierte en segmentos de rectas conocidos como Rectas de altura, orientándolos correctamente según los acimutes de cada una de las tres estrellas. Y por fin, comprobó la situación del punto en el que se cruzaban las tres rectas. Ese punto era la situación del "CSCL Mu Cephei" según los cálculos astronómicos que Dekker había realizado y, felizmente para Dekker, coincidía con bastante precisión con la posición del GPS, así que dio por correcto su cálculo y la posición del buque, que era de 26 grados 30 minutos de latitud Norte y 129 grados y 18 minutos de longitud Este. Lo anotó en el Cuaderno de Bitácora y se dispuso a realizar el resto de su guardia nocturna con una gran satisfacción por el trabajo bien hecho.

Casi era ya la medianoche. Dekker estaba relajado pues llevaba una guardia muy tranquila y pronto se iría a dormir con la sensación de que iba a descansar muy a gusto esa noche. Durante la guardia apenas se cruzaron con algunos barcos y no había tenido que maniobrar a ninguno, así que no había tenido mucho trabajo. Al comienzo de la derrota ortodrómica hacia Los Ángeles para atravesar el Océano Pacífico habían programado en el sistema de navegación la opción de navegación automática, así que el "CSCL Mu Cephei" iba cambiando el rumbo automáticamente cada cierto tiempo, en lugar de tener que realizarlo manualmente en cada guardia, y así el propio sistema iba adaptando el rumbo a la derrota más corta hasta el destino de una manera más eficiente. Además, así optimizaban el tiempo y el trabajo era más sencillo para los oficiales del puente. Tan solo debían preocuparse de llevar un buen control de que todo fuera tal y como estaba previsto y de que el buque se mantuviera sobre la derrota todo el rato, porque en el océano las corrientes y los vientos desvían continuamente a los buques del rumbo que los tripulantes han elegido para ellos.

La noche estaba resultando muy tranquila y agradable. El cielo seguía despejado y miles de estrellas brillaban en el firmamento de manera espectacular. Dekker era feliz de poder ver el cielo en alta mar, un cielo siempre mucho más espectacular que el que normalmente se puede ver desde tierra, donde las luces de las ciudades eclipsan la negrura del espacio nocturno e impiden ver en su máximo esplendor el magnífico espectáculo de un cielo claro plagado de estrellas. En la mar había algo más de oleaje que al principio del viaje, pero apenas provocaba movimiento en el gran buque como para que la tripulación lo notara por ahora.

Dekker le dijo al marinero Montelibano que podía irse a dormir, ya que solo quedaban unos pocos minutos para el final de la guardia. Él, mientras tanto, terminaría de anotar en el Cuaderno de Bitácora los datos de la guardia, como la situación del buque, algunos datos meteorológicos y algún otro dato relevante, y esperaría a que el segundo oficial, Andriy Zaichko, llegara al puente para pasarle el relevo a medianoche.

El marinero filipino José Montelibano salió del puente y bajó en el ascensor hasta la cubierta de su camarote. Estaba algo cansado y tenía ganas de acostarse lo antes posible ya que a las siete y media tenía que levantarse de nuevo para desayunar y estar listo, como todos los días, para subir a la guardia a las ocho en punto de la mañana. Además, quería anotar un par de cosas antes de que se le olvidaran para la carta que estaba escribiendo a su mujer. Aún le quedaban casi tres meses de campaña y no sabía si al volver a casa su mujer se habría marchado con sus hijos, pues llevaban ya una larga temporada con bastantes problemas en el matrimonio y sabía que la situación se le estaba yendo de las manos y que su trabajo a bordo de los barcos no facilitaba su relación de pareja, sino que más bien la empeoraba bastante.

Montelibano ni siquiera se percató de ello, pues fue un cambio apenas perceptible para una persona, pero el ascensor se detuvo un instante antes de lo que le correspondía. Esa pequeñísima variación en la secuencia habitual de los hechos no hubiera podido ser percibida por nadie, salvo que hubiese medido el tiempo del movimiento del ascensor con un cronómetro de alta precisión, así que el marinero filipino salió del ascensor para dirigirse a su camarote sin haber notado ese pequeño salto en el tiempo.

Pero, en ese preciso instante, sin que ni él ni nadie más de la tripulación se hubiera percatado de ello, algo había cambiado el devenir de los acontecimientos y el futuro del marinero Montelibano se había reescrito.

Su camarote estaba al final del pasillo, junto a una de las puertas que daba acceso a la cubierta de botes de estribor. Montelibano se disponía a abrir la puerta de su camarote cuando notó algo extraño que venía desde el exterior. Pensó en no hacer caso y en meterse a la cama lo antes posible, pues estaba muy cansado, pero en un barco no se debe ignorar cualquier aviso de un posible problema, así que salió afuera para comprobar que todo marchara bien.

Al principio no vio nada raro, y ya iba a entrar de nuevo al pasillo cuando una extraña luz llamó su atención cerca de una de las balsas salvavidas que estaba trincada junto a uno de los botes de rescate del buque.

Montelibano, por mucho que miró y miró con los ojos bien abiertos, no se lo podía creer. Nunca había visto nada igual en toda su vida. Pese a ser completamente de noche, la zona de la que emanaba esa luz parecía iluminada por un fuerte sol tropical a pleno día. Pero a su alrededor la oscuridad era mayor que lo que se podía esperar. El marinero se acercó curioso, igual que una mosca es atraída hacia una olorosa y azucarada trampa mortal. Después, todo lo que rodeaba a Montelibano pareció encogerse y girar sobre sí mismo. No era capaz de describir lo que veía, pero todo ello lo tenía extasiado y fatalmente confiado.

Junto a la balsa salvavidas todo, la cubierta, los mamparos, los refuerzos, todo en general parecía ondular como lo hace la tranquila superficie de un lago tras arrojar una piedra al agua. Y esto, junto a la luz que surgía de algún punto desconocido, provocó una sensación de placer y bienestar tan profunda al pobre marinero que le condujo a acercarse más y más como quien es atraído de manera irresistible hacia un profundo pozo del que ya no puede escapar y en el que sabe que caerá sin remedio.

Y así, engullido por algo que no pudo entender, José Montelibano traspasó la dimensión de los hombres y desapareció de la faz de la tierra.

16

Ya eran casi las dos de la mañana. El "CSCL Mu Cephei" seguía aparentemente sin novedad la derrota elegida por el capitán Fokke hacia su destino final en los Estados Unidos. El oficial de guardia, Andriy Zaichko, llevaba un buen rato charlando de manera distendida con su vigía, el marinero Rene Monsod. Cualquier tema era bueno para pasar las guardias de la noche lo mejor posible y mantener la cabeza despierta, así que lo mismo charlaban sobre lo que estarían haciendo sus familias en ese momento en sus respectivos países, como comentaban algún tema de deportes o lo que planeaban para las próximas vacaciones. A los dos les gustaba mucho el fútbol y siempre era un tema adecuado para mantener conversaciones apasionadas con las que llenar las largas horas de la noche en la oscuridad del puente sin que el cansancio y el sueño se apoderaran de ellos.

De vez en cuando, Zaichko se daba un paseo desde un alerón al otro para tener todo bajo control y para estirar las piernas y despejarse un poco tomando el aire mientras miraba con detenimiento todo el horizonte que les rodeaba. Luego dedicaba un rato a mirar las pantallas del radar y de los demás sistemas de navegación y anotaba cada hora la situación y algunos otros datos necesarios para el control de la derrota. Cualquier mensaje que les llegara a través del AIS o de la radio quedaba registrado, y así nada se escapaba a cualquier posible fallo.

Zaichko miró el reloj. Eran ya las dos de la madrugada, la hora de adelantar el reloj de bitácora los cuarenta y cinco minutos de rigor. Ajustó el reloj de la pared y luego comprobó que el sistema lo hubiera hecho automáticamente tal y como lo habían programado. Por supuesto, la Hora Civil de Greenwich, que usaban en algunos de los sistemas no variaba, ya que Londres no se movía de su sitio, sino el "CSCL Mu Cephei" en su navegación.

Tras el cambio de hora, Zaichko dio otro paseo por el alerón de estribor, ya que era un lugar en el que se estaba muy a gusto y la temperatura de la noche invitaba a permanecer un buen rato allí fuera. La velocidad del barco hacía que el aire le golpeara en la cara con fuerza, pero como la noche era cálida la sensación era bastante agradable, así que durante unos minutos se mantuvo apoyado en la barandilla respirando hondo el aire del mar que le llenaba los pulmones y le daba nuevos ánimos para el resto de la guardia que aún le quedaba.

Mientras estaba allí, tranquilo, se dio cuenta de que algo raro pasaba. Todos los partes meteorológicos que recibían mediante los sistemas del IMARSAT y a través del NAVTEX, sistemas de comunicación marítima vía satélite y por frecuencia media de radio a los que están conectados todos los buques del mundo, seguían anunciándoles buen tiempo. Sin embargo, de una forma rápida y extraña se estaba formando una niebla cada vez más densa alrededor del "CSCL Mu Cephei". Sin que se hubiera dado cuenta hasta ese mismo instante, habían entrado de golpe en un cerrado y denso banco de niebla, pero lo curioso es que Zaichko no la había visto venir y en ninguno de los partes meteorológicos que manejaban se hablaba de la posibilidad de nieblas en esa zona. Ni siquiera en el programa "Met Manager" que usaban a bordo y en el que tenían todos los datos meteorológicos para los siguientes cuatro días se apuntaba esa posibilidad. Zaichko pensó que, aunque fuera de noche, algo debía haber notado antes de entrar de forma tan brusca en una niebla tan densa.

Además, la temperatura ascendió de golpe varios grados en cuanto entraron en esa niebla. Zaichko dedujo que se habían internado en una masa de aire más cálido que era la causante de que se hubiera formado esa niebla por advección al contactar ese aire cálido con la superficie del mar más frío. Era la única explicación que se le ocurría, aunque era raro que ningún parte de los que recibían diariamente a bordo lo hubiera previsto, pues las nieblas de advección en la mar son fácilmente previsibles en condiciones normales.

Zaichko echó un vistazo hacia la proa y hacia la popa y comprobó que la niebla era tan espesa que apenas distinguía las filas de contenedores de más a popa. Luego, desde su posición en el alerón de estribor miró hacia babor y a través del puente intentó ver el extremo del alerón de babor. Parecía que sí alcanzaba a ver con claridad la luz roja de babor, lo que le dejaba más tranquilo.

Luego entró en el puente para encender las luces reglamentarias para situaciones de baja visibilidad y se dirigió al radar para comprobar que todos los ecos de los buques que había en las proximidades, y que ya tenía identificados desde el comienzo de su guardia un par de horas antes, estuvieran bajo control. Solo había uno con el que se cruzarían cerca, pero para eso faltaban aún unas horas. Pero debía extremar todas las precauciones ya que a la velocidad que navegaban y con una niebla tan densa tenía que evitar de cualquier forma el verse sorprendido por un barco que apareciera de repente en la cercanía del "CSCL Mu Caphei".

Pensó en avisar al capitán para que supiera la nueva

situación meteorológica en la que se encontraban por si éste consideraba prudente el disminuir la velocidad del barco. Zaichko no creía que fuera necesario, ya que no había buques cercanos y cada vez se alejaban más de las zonas de navegación con más tráfico marítimo. Pero también sabía que a Fokke le gustaba estar al tanto de cualquier cosa que pudiera poner en peligro la seguridad del barco, así que descolgó el teléfono y marcó el número del camarote del capitán.

Pero Zaichko comprobó, asombrado, que no había línea. Lo intentó varias veces, pero el teléfono había dejado de funcionar en un momento delicado para la seguridad de la navegación. Entonces levantó la vista de los aparatos y buscó a Monsod para decirle que fuera al camarote del capitán para comunicarle en persona lo de la niebla. Pero algo raro sucedía. Zaichko no podía ver a Monsod por ningún sitio. Colgó el auricular y recorrió todo el puente y los alerones para dar con el marinero, pero Monsod no se encontraba en el puente con él, lo que era sumamente extraño.

Zaichko empezó a preocuparse de verdad. Después de la desaparición del electricista chino y de lo que les había comentado Fokke, era bastante descorazonador que otro tripulante desapareciese de repente. Pensó que tal vez Monsod había ido un momento al cuarto de baño, pero Zaichko sabía que ningún marinero de la compañía se iría del puente en mitad de una guardia sin pedir permiso a su oficial, y menos en la guardia de noche y aún menos en esas circunstancias con una niebla tan repentina y peligrosa.

Zaichko no sabía qué hacer. Tenía que llamar al capitán, estaba claro, pero en estas circunstancias tampoco quería dejar el puente desasistido. Pero no tenía otra alternativa.

Lo único que podía hacer era comprobar de nuevo los ecos del radar, para asegurarse de que no tendrían ningún problema con ellos durante un buen rato, y luego ir a avisar a Fokke, lo que por otra parte tampoco le llevaría demasiado tiempo pues el camarote del capitán era el más cercano al puente y en unos minutos regresaría a la guardia.

Pero lo que vio cuando miró la pantalla del radar fue lo que definitivamente dejó a Zaichko horrorizado y le obligó a salir corriendo a avisar al capitán Fokke lo antes posible.

17

El viejo carguero panameño "Rubin Oak" llevaba ya casi dos semanas de viaje desde que había salido de Vancouver, en Canadá, con destino a Singapur para entregar una carga de madera. Por ahora el viaje transcurría sin sobresaltos y toda la tripulación se alegraba de que en pocos días podría disfrutar de nuevo de salir a tierra, ya que estaba previsto que la operación de descarga durara por lo menos cuatro jornadas.

El segundo oficial de guardia, el californiano Doug Allen, había estado controlando el movimiento de todos los ecos que tenía en su radar y había visto que uno de ellos, según los datos del AIS, correspondía al "CSCL Mu Cephei". Pero aún estaba muy lejos de ellos, así que el momento en el que se cruzarían con el mayor buque del mundo sería poco después del amanecer, y aún faltaban unas cuantas horas para ello.

Cuando había visto el eco y había leído el nombre del "CSCL Mu Cephei", Allen pensó que sería una buena ocasión para ver de cerca al mayor barco del mundo, del que tanto habían oído hablar todos los marinos del mundo en los últimos meses desde que se anunció su entrada en servicio. La pena era que para ello debería interrumpir su periodo de sueño entre el final de su guardia, a las cuatro de la madrugada y la hora de comer del mediodía, que era cuando solía levantarse. Bueno. Decidió que pondría el despertador y que si no estuviera muy cansado en el momento de cruzarse con el barco subiría al puente para echarle un vistazo y volver a la cama más tarde.

Con estos pensamientos, Allen siguió con su rutina en la guardia. Como no tenía mucho trabajo estaba aprovechando algunos momentos para adelantar parte del papeleo que le tocaba hacer.

Cuando de repente se percató de que había dejado de recibir la señal del AIS del "CSCL Mu Cephei", Allen se preocupó bastante. Estuvo un rato atento por si llegaba algún aviso de socorro, pues pensó que tal vez les hubiera ocurrido algún percance como le ocurrió al "Titanic" en su viaje inaugural. Sería muy raro, pero cualquier cosa puede suceder en la mar.

Pero no recibió ningún aviso ni oyó nada por la radio, así que supuso que habrían tenido una avería en el transpondedor del AIS, lo cual no sería nada fuera de lo común. Lo que sí que le pareció muy raro a Doug Allen fue que el eco del radar correspondiente al "CSCL Mu Cephei" había desaparecido también de la pantalla, y eso era algo muy extraño puesto que la recepción de ese eco dependía del buen funcionamiento del radar del "Rubin Oak", no de los aparatos del "CSCL Mu Cephei". Pero finalmente decidió que como aún estaban muy lejos del buque tampoco era algo tan fuera de lo común el que el eco no fuera estable, pese al tamaño del barco y pese a que fuera un buque portacontenedores, que es un gran muro de acero navegando por el océano y que siempre ofrece una buena respuesta a las señales de un radar marino.

Por si acaso Allen apuntó en el cuaderno del puente la hora a la que había recibido el eco y la señal del AIS del "CSCL Mu Cephei" y la hora a la que luego habían desaparecido. Y también dejó una nota con la hora en la que, según el eco que había visto al principio, deberían cruzarse con el "CSCL Mu Cephei" para que el oficial de guardia que estuviera en ese momento en el puente del "Rubin Oak" estuviera atento. Según sus cálculos, si ambos buques seguían navegando sin cambiar el rumbo, como era lo más probable, se cruzarían hacia el amanecer y pasarían a una distancia mínima de unas tres millas. Una distancia bastante segura, pero que les obligaría a vigilar sus movimientos por si acaso, dado el tamaño del "CSCL Mu Cephei" y su alta velocidad.

Una vez anotado todo con precisión, Doug Allen siguió con sus tareas en el puente y no pensó más en ello.

18

Nada más llegar al camarote del capitán, Zaichko golpeó con fuerza la puerta para despertar a Bernard Fokke. Al principio no obtuvo ninguna respuesta, lo que no le extrañó por la hora que era, así que insistió varias veces hasta que Fokke se despertó y le dijo que entrara.

Zaichko entró de manera atropellada y estaba tan nervioso que apenas podía hacerse entender bien, ya que quería contar todo lo que había ocurrido de la forma más rápida posible. Pero eran tantas cosas, y todas tan importantes.

—Tranquilo, Zaichko, por Dios. Tranquilícese y hable despacio, si no, no voy a enterarme de nada —le dijo Fokke visiblemente preocupado mientras terminaba de levantarse de la cama, ya que no era nada usual que un oficial acudiera a su camarote en plena noche tan nervioso. Algo importante tenía que haber pasado y si no se calmaba pronto Zaichko, tardaría más en explicarse.

—Lo siento Señor —pudo decir Zaichko después de calmarse un poco—, pero tiene que venir al puente ahora mismo, es muy importante.

—Bien, bien, descuide, ahora mismo voy. ¿Qué es lo que pasa?

—Lo primero, la niebla. Hay una niebla muy espesa que ha surgido de repente. Luego he ido a llamarle a usted y no funciona el teléfono. Entonces, cuando he querido ordenar al marinero Monsod para que bajara a avisarle, no le he encontrado por ningún lado. Ha desaparecido del puente.

Al oír lo de la desaparición de otro tripulante, a Fokke le entró una preocupación mucho mayor que la que le podía causar el tema de la niebla. Sabía que no tenían barcos cerca, así que el navegar dentro de un banco de niebla no era un peligro a corto plazo, pero dos hombres desaparecidos era algo que de verdad le quitaba el sueño.

—Pero aún hay más Señor —siguió Zaichko hablando con nerviosismo.

—¿Más? ¿Qué más?

—Antes de venir a avisarle he ido a comprobar de nuevo los ecos que tenía registrados en el radar para estar seguro de no toparnos de golpe con algún barco, y entonces he visto que han desaparecido todos, ya no hay ecos en el radar. Ninguno. O sea, que el radar se ha debido estropear, y con esta niebla, señor,…

—Sí, entiendo —dijo Fokke con gesto serio mientras terminaba de ponerse un pantalón y un jersey para subir al puente—. No es un buen momento para que el radar no funcione, la verdad. Supongo que ha probado el segundo radar, ¿no?

—Sí señor, por supuesto. No hay ningún eco tampoco en el otro radar. He probado a cambiar la ganancia y los demás ajustes, pero nada. He mirado en todas las bandas y tampoco se recibe nada. Los dos han dejado de funcionar a la vez, está claro.

—Está bien, Zaichko. Regrese al puente. En un minuto estoy allí con usted.

Zaichko regresó corriendo al puente y un par de minutos después Fokke ya estaba allí comprobando con sus propios ojos que todo lo que le había dicho su oficial era cierto.

Por ahora parecía que solo los radares eran los que no funcionaban bien, puesto que no recibían ningún eco ni ninguna señal de AIS de ningún buque. Pero, por suerte, en la carta electrónica del sistema de navegación del "CSCL Mu Cephei" sí que aparecían las señales de los AIS de los buques que estaban en su radio de alcance. Lo que no tenían, por supuesto, eran los ecos del radar superpuestos en la carta, ya que al no funcionar ninguno de los radares no había ningún eco que mostrar tampoco en el sistema de navegación electrónica.

Tras comprobar varias veces los equipos y realizar algunos ajustes para ver si servían para algo, Fokke salió al alerón para sentir en persona la densidad de la niebla y el cambio de temperatura que Zaichko le había comentado. Efectivamente, la niebla era tan cerrada que no veía ni su propia popa y la temperatura no era la habitual en esa época del año.

Fokke lo anotó todo en el Cuaderno de Bitácora y una vez que consideró que la seguridad en la navegación del "CSCL Mu Cephei" estaba, de momento, controlada se ocupó de la desaparición del marinero Monsod.

—Bien, Zaichko. Cuénteme cómo ha sido cuando se ha dado cuenta de que no estaba Monsod en el puente con usted.

—Como le he dicho, capitán, al ver lo de la niebla repentina que se nos ha echado encima he ido a llamarle a usted por teléfono para informarle. Pero luego, al comprobar que el teléfono no funcionaba, he creído conveniente decirle a Monsod que fuera personalmente a avisarle a usted, dado que la situación me ha parecido grave.

—Sí, es grave —ratificó Fokke—. Ha hecho usted muy bien en avisarme.

—Pero cuando he levantado la vista de los equipos de navegación, he tratado de localizar a Monsod en el puente y no le he visto por ningún lado. He pensado que habría salido al alerón, pero he recorrido todo el puente de un alerón al otro y no estaba aquí. Había desaparecido. Luego he pensado que tal vez se hubiera desmayado o algo así, pero por muy grande que sea este puente y por muy a oscuras que estemos ahora, tras mirar por todas partes tenía que haberle encontrado. Así que creo que la única opción posible es que se haya marchado del puente sin decirme nada, algo totalmente irregular y me parece algo muy grave, ya que ha tenido que darse cuenta de que estábamos en una situación delicada al verme cómo estaba actuando.

»Así que por eso he tenido que ir yo mismo a avisarle a su camarote. Pero, luego, justo antes de salir, he echado un último vistazo a la pantalla del radar y es cuando me he dado cuenta de que no funcionaba, de que no había ningún eco. Hace un minuto, mientras venía usted hacia aquí, he intentado llamar al camarote de Monsod, pero el teléfono, como ha visto, sigue sin funcionar. ¿Qué hacemos señor? —preguntó Zaichko con una cara que no podía ocultar el temor que sentía. No es que tuviera tanta experiencia como el capitán Fokke, pero ya llevaba unos años en la mar y nunca hubiera pensado que un barco tan moderno y recién estrenado pudiera tener estas averías tan serias justo cuando habían entrado en una niebla tan extraña. Desde luego, algo no iba bien a bordo del "CSCL Mu Cephei".

—Está bien, Zaichko. Mantengamos la calma. Ha actuado usted muy bien, con profesionalidad, pero ahora debemos evitar perder el control de la situación. Baje a avisar a Mykhaylov para que suba, y avise también al alumno Zhuravsky. Luego vaya al camarote de Monsod a ver si le encuentra allí. Si no estuviera, avise al contramaestre Chan y dígale que suba también al puente para hablar conmigo.

—De acuerdo, señor. Ahora mismo voy.

Zaichko salió corriendo del puente para cumplir con las órdenes que su capitán le había dado. Mientras tanto,

Fokke trataba de ordenar la catarata de ideas que le bullía en la cabeza. La búsqueda que habían realizado del posible polizón no había dado ningún resultado, y los fallos que estaban teniendo y la repentina niebla no eran tan fáciles de explicar con la sola manipulación de alguien del propio barco. No. Fokke se encontraba por primera vez sin herramientas para comprender lo que ocurría, y por lo tanto no tenía forma de saber qué decisión sería la más conveniente para la seguridad de su tripulación, su barco y su carga.

19

Tras un largo, larguísimo viaje, por fin había llegado hasta su destino final internándose en un gran barco que iniciaba un viaje a través del océano más grande del planeta Tierra. No sabía muy bien dónde estaba, lo que le daba igual. Pero lo que sí sabía muy bien era lo que tenía que hacer a partir de ese momento, aunque no sabía cómo debía hacerlo exactamente, por ahora.

Primero se refugió en las entrañas de la nave, sin que nadie se percatara de ello. Luego, una vez analizada la situación, estudiado el entorno y tras observar a la tripulación, decidió que ya podía comenzar la labor para la que había sido programado con minuciosidad mucho, muchísimo tiempo atrás. No parecía que le fuese a resultar nada difícil ejecutar las órdenes con las que había llegado hasta allí, ya que se sentía, y lo era, muy superior a cualquier otro ser inteligente que hubiera a bordo. Nada ni nadie le podría detener. Tan solo debía actuar con calma y llevar a cabo su plan de forma metódica, con mente fría, tomando poco a poco el control de la situación y acabando uno por uno con todos los obstáculos que tenía por delante hasta cumplir con su misión por completo.

Sus órdenes eran claras y había sido programado para llevarlas a cabo de forma eficiente, sin dilatarse en consideraciones inútiles. Sus amos, que ahora estaban muy lejos y no podían contactar con él, sabían que el mejor soldado es aquél que funciona como lo haría una máquina.

No piensa, no padece, no se cansa y no duda de las órdenes que ha recibido, salvo que sus mismos superiores le den otras órdenes diferentes.

Así que él no pensaría, no dudaría, no se detendría a valorar si algo había cambiado desde que recibió aquellas órdenes mucho tiempo atrás.

Todo eso le daba igual. Solo debía actuar, sin piedad, sin sentimientos, como una verdadera máquina. Y ya había comenzado a hacerlo.

20

Zaichko bajó a grandes zancadas por las escaleras hasta la cubierta donde estaban los camarotes de los oficiales. Avisó a Mykhaylov y al alumno Zhuravsky para que fueran urgentemente al puente por orden del capitán, y mientras éstos se preparaban lo más rápido que podían para subir al puente, Zaichko bajó unos pisos más hasta el camarote de Monsod para ver si allí encontraba al marinero desaparecido. Pero el camarote, como se temía, estaba vacío y nada indicaba que Monsod hubiera estado allí los últimos minutos. La cama estaba bien hecha y todo estaba tranquilo, por lo que Zaichko dedujo que Monsod no había bajado a su camarote después de desaparecer del puente en plena guardia nocturna.

Luego se dirigió al camarote del contramaestre Donald Chan, un chino que ya estaba cerca de jubilarse. Tras despertarle, Zaichko le explicó que había desaparecido uno de sus hombres y le transmitió la orden de que subiera al puente a hablar con el capitán para ver qué decisiones tomaban.

Poco después, una vez que todos se hallaban ya en el puente, el capitán Fokke ordenó a Chan que buscara a Monsod por todo el barco y que le mantuviera informado de lo que encontraran. Luego dejó al segundo oficial Zaichko con el alumno Zhuravsky al cuidado de la guardia mientras él analizaba la situación en la que se encontraban con el primer oficial Anatoliy Mykhaylov.

Lo primero que hicieron fue hacer todas las pruebas que consideraron necesarias para ver si lograban dar con el problema en los radares, pero todo parecía correcto, salvo que no recibían ninguna señal. Después, comprobaron si todo el resto de los equipos electrónicos de navegación funcionaban bien, y por lo menos, salvo los conocidos fallos de la magistral y de ambos radares, que ya de por sí eran problemas bastante graves, no encontraron más complicaciones en el resto de los aparatos por el momento.

Bernard Fokke abrió el cajón de las cartas de navegación del cuarto de bitácora y sacó una carta del Pacífico Norte. Por ahora, y hasta que no estuvieran cerca de tierra en la recalada a los EE.UU., esta carta les serviría para marcar en ella la situación del "CSCL Mu Cephei" tres o cuatro veces al día.

Puesto que el "CSCL Mu Cephei" era un buque con un doble ECDIS, un sistema de información y visualización de cartas electrónicas, con doble entrada de datos y doble equipo de suministro de electricidad, no estaba obligado a llevar las tradicionales cartas de navegación en papel. Pero, no obstante, sí que llevaban algunas de punto menor editadas por el Almirantazgo británico para las zonas del Pacífico por las que iba a navegar. Ahora les vendrían muy bien estas cartas, pensó Fokke.

Luego desplegó la carta sobre la mesa. Tomó un lápiz, unas reglas paralelas y un transportador de ángulos y dibujó con precisión los rumbos de la travesía que habían hecho hasta ese momento. Luego trazó también la derrota que les quedaba por hacer hasta su destino en Los Ángeles. Y después, con exquisito detenimiento señaló en la carta la situación actual del "CSCL Mu Cephei" que marcaba el sistema del GPS y también dibujó las situaciones anteriores que sus oficiales habían obtenido con el radar y con el sextante en lo que llevaban de viaje hasta entonces.

Todo parecía ir bien por ahora en cuanto a la navegación que estaba realizando, pero Fokke no se fiaba, visto lo visto, y remarcó de forma clara en el cuaderno del capitán, en el que ponía sus órdenes permanentes, que todos los oficiales comprobaran la situación por medios astronómicos siempre que les fuera posible. Después se cercioró de que tanto las señales luminosas como auditivas reglamentarias para los casos de poca visibilidad estuvieran funcionando de manera adecuada.

Y finalmente hizo algo que a ningún capitán de un buque mercante le gusta tener que hacer. Agarró el telégrafo de órdenes con mano firme y disminuyó la velocidad del buque a media avante para dejarla en veinte nudos. Con una niebla tan espesa como la que tenían ahora y sin el radar, era realmente una temeridad navegar a toda máquina como si nada ocurriera. Aunque también era cierto, pensó Fokke, que navegar a veinte nudos era igualmente una velocidad demasiado alta para esas circunstancias, pero Fokke no esperaba que la niebla durara mucho tiempo y como hasta el momento en el que el radar había dejado de funcionar habían visto con seguridad que no tenían buques muy cerca, era previsible que por lo menos durante un rato largo no se encontrarían con ningún otro barco ni tendrían una situación peligrosa en cuanto a cruzarse con otros barcos.

Luego Fokke se preparó un café y ordenó sus ideas. Por la mañana quería llamar a la oficina de tierra, puesto que tenía muchas cosas que contarles, así que empezó a pensar en cuál sería la mejor forma de transmitirles tantas malas noticias a la vez. Fokke también valoró la posibilidad de si no sería mejor dirigirse hacia tierra a algún lugar seguro para fondear al sur de Japón o incluso regresar a Hong Kong. Eso no gustaría nada a la empresa, pero no tenía del todo claro si los problemas que habían detectado eran demasiado graves como para volver a puerto y arreglar todos los sistemas que estaban fallando o seguir el viaje ahora que tenían un amplio y despejado océano por la proa y solucionar todos los problemas en los Estados Unidos una vez descargadas las mercancías de este viaje inaugural.

Por supuesto, si estos fallos los hubiesen detectado en Hong Kong antes de zarpar no hubieran podido hacerse a la mar. Pero ahora, ya lejos de tierra y con todo un inmenso océano por delante, Fokke pensaba que sería mejor continuar y hacer ya en Los Ángeles las reparaciones necesarias en vez de regresar a Hong Kong con los problemas que eso causaría a la empresa con los dueños de las cargas que llevaba en los contenedores.

Bien. Los de tierra lo decidirían en su momento. Por ahora esperaría a la mañana para tener más datos y de mientras tal vez lograran solucionar la avería del radar, que era lo que más le preocupaba y urgía de cara a la seguridad de la navegación.

21

Estaba a punto de amanecer un día más en esa zona del Océano Pacífico. El tiempo seguía despejado y el carguero "Rubin Oak" navegaba sin dificultad hacia su destino en Singapur cumpliendo sin novedad su plan de viaje. En el puente de mando, Stella Davies, una experimentada mujer de Boston que estaba ya en su décima campaña como primer oficial en la naviera, se mantenía a la espera de avistar en cualquier momento al "CSCL Mu Cephei", ya que, según las anotaciones que le había dejado su compañero Doug Allen, no tardarían en cruzarse con su trayectoria. Stella Davies se mostraba algo impaciente. No todos los días se puede ver al mayor barco del mundo navegando en el viaje inaugural de su línea.

Según las indicaciones que había anotado Doug Allen en la madrugada, el "CSCL Mu Cephei" debía de estar ya muy cerca de donde se encontraba ahora el "Rubin Oak", pero en el radar no aparecía ni su eco ni su señal de AIS. Tal vez, pensó Davies, habían cambiado de rumbo por la noche. Era lo más posible.

Por si acaso, la primer oficial del "Rubin Oak" tomó los prismáticos, salió al alerón y oteó el horizonte con detenimiento. Además de algunos otros buques que ya tenía identificados desde hacía un buen rato, no encontró nada más que le llamara la atención. Tan solo un banco espeso de niebla parecía asomar algo a babor por la proa, pero aún parecía estar lejos y el "Rubin Oak" no se dirigía directamente hacia él, por lo que no le preocupó demasiado.

Davies entró al cuarto de derrota para anotar algunos datos y echar un vistazo a la carta de navegación que estaban utilizando. Luego se entretuvo un momento en preparar algo de café y regresó de nuevo al alerón a respirar un poco de aire puro mientras se bebía el café caliente que acaba de hacer.

Con la taza en la mano, Davies oteó de nuevo el horizonte de forma rutinaria. Seguía sin aparecer ningún rastro del "CSCL Mu Cephei", pero le llamó la atención lo cerca que estaban ahora de la niebla que había detectado un poco antes. Haciendo un rápido cálculo cinemático mental, dedujo que la espesa niebla no se había mantenido en su sitio, como sería lo lógico, sino que se desplazaba a gran velocidad más o menos hacia ellos.

Se acercó al radar para ver si allí aparecía algo nuevo, pero en la dirección de la niebla no se apreciaba ningún eco, como podía esperar, ya que las nieblas no ofrecen un buen eco a la señal del radar. Por si acaso siguió vigilando visualmente el movimiento de la niebla y comprobó que en poco tiempo sus trayectorias se cruzarían como a unas dos millas de distancia. No estaban muy lejos, pero por mucho que miró a través de los prismáticos no vio nada más que un espeso banco de niebla aislado que se movía a gran velocidad, lo que ya de por sí era algo sorprendente e inusual, sobre todo porque apenas había viento en la zona.

Un poco más tarde, cuando el rumbo del "Rubin Oak" cruzó la trayectoria que había seguido la niebla en su extraño desplazamiento, Stella Davies vio algo tan inexplicable que la dejó perpleja. El banco de niebla estaba dejando en la superficie del agua una ancha y larga estela como la que dejaría un barco muy grande navegando a toda máquina sobre la mar.

22

A las seis de la mañana el capitán Fokke descansaba en su camarote echado en el sofá. Había estado casi toda la noche en el puente por si había alguna novedad, pero nada nuevo había ocurrido. El radar seguía sin funcionar, la niebla no había desaparecido y el marinero Monsod seguía sin dar señales de vida, así que había dejado a sus hombres en el puente y él se había tumbado un rato mientras decidía qué hacer.

El barco navegaba aparentemente sin problemas. Al haber disminuido la velocidad debido a la niebla, la navegación era ahora algo más silenciosa, ya que se notaba que el motor trabajaba a menos revoluciones, y eso hacía que el "CSCL Mu Cephei" se deslizara suavemente por el océano como si fuera un ágil velero en lugar de un mastodonte de acero de casi quinientos metros de largo.

Pero a Fokke no le tranquilizaba esto. Él necesitaba entender qué era lo que estaba pasando para saber hasta dónde podía estar en peligro el "CSCL Mu Cephei". La seguridad de la nave, de la tripulación y de la carga era su responsabilidad y su máxima preocupación. Si sufrían un accidente él sería quien se enfrentara a un tribunal, y por ello debía conocer todo lo que afectaba a la seguridad del buque, ya que ésa era la única manera de poder tomar las decisiones adecuadas. E incluso así, incluso aunque hiciera todo lo correcto, si algo ocurriera mientras él estuviera al mando de la nave, Fokke sabía que suya sería la responsabilidad ante el mundo.

Mientras pensaba en ello, tomó de nuevo el libro de la mesilla de noche y pensó que leer unos minutos le despejaría la mente y le ayudaría a pensar mejor. El capítulo que eligió trataba sobre el "Mary Celeste", una goleta de dos mástiles construida en 1861 en Nueva Escocia, Canadá.

El siete de noviembre de 1872 había zarpado de Nueva York hacia Italia con mil setecientos barriles de alcohol como carga. El capitán al mando era Benjamin S. Briggs, un marino de Massachusetts. La tripulación estaba compuesta por siete hombres y con ellos iba la mujer del capitán y la hija de ambos, que solo tenía dos años. El veinticinco de noviembre, cerca de las Azores, se encontraron con mal tiempo. Su última anotación en la pizarra del puente indicaba una posición al nordeste de la isla de Santa María, o sea, dejando ya a popa estas islas rumbo al Estrecho de Gibraltar.

Pero el quince de diciembre el buque fue visto a unas trescientas cincuenta millas al este de las Azores por el "Dei Gratia", un bergantín que también hacía la ruta entre Nueva York y Gibraltar. El "Mary Celeste" navegaba con las velas desplegadas pero no encontraron a nadie a bordo, aunque la carga y las pertenencias de la tripulación y de Briggs y su familia parecían estar en buen estado. El bote había desaparecido y una amarra colgaba por la popa.

Todo parecía indicar que el "Mary Celeste" había sido abandonado precipitadamente por Briggs y su tripulación, pero era extraño que el Cuaderno de Bitácora siguiera a bordo y en él la última posición anotada era la de su paso entre las Azores. No había más anotaciones posteriores.

Parte de la tripulación del "Dei Gratia" se hizo cargo del "Mary Celeste" y lo llevaron hasta Gibraltar. Aunque se inició una investigación, nunca se pudo determinar con claridad qué es lo que pudo pasar a bordo para que todos abandonaran con tanta precipitación un barco que, aparentemente, se encontraba en buen estado. Según se apuntó en la investigación, el temor a una explosión a bordo había aconsejado abandonar el buque de esa manera, y después, por el motivo que fuera, no lograron volver a él y tanto el capitán Benjamin S. Briggs como su familia y su tripulación se perdieron en el Atlántico para siempre.

Tras acabar de leer este capítulo, Bernard Fokke dejó la lectura y cerró un rato los ojos para descansar. Pero no tuvo mucho tiempo para relajarse, pues de improviso notó algo que no debía haber notado.

Sus órdenes eran claras. Había ordenado disminuir la velocidad para aumentar así el margen de seguridad debido a la poca o nula visibilidad en la que estaban inmersos, y por ello, cuando sintió que el motor del "CSCL Mu Cephei" volvía a aumentar sus revoluciones, Fokke se levantó de un salto del sofá donde estaba descansando y se dirigió al puente raudo.

—¿Qué ocurre Zaichko? ¿Por qué ha vuelto a aumentar la velocidad? —preguntó nada más llegar.

—Lo siento capitán, pero no he sido yo. Las revoluciones del motor han empezado a aumentar de repente, y por mucho que intento accionar el telégrafo no puedo evitar que sigan subiendo.

Fokke miró el indicador del control. Las revoluciones seguían subiendo y la velocidad de "CSCL Mu Cephei" ya era de veintidós nudos y seguía en aumento. Pronto alcanzarían de nuevo la velocidad de veintiséis nudos.

Como el teléfono seguía sin funcionar, Fokke ordenó al alumno Zhuravsky que fuera primero al camarote de Stappleton para avisarle de que subiera al puente, y después que bajara a la máquina para averiguar por qué habían aumentado las revoluciones del motor pese a sus órdenes que eran claras y tajantes al respecto. Era algo totalmente irregular e inusual el que alguien del equipo de máquinas aumentara la velocidad del barco sin consultar al puente previamente, ya que desde abajo no pueden saber qué es lo que hay delante del barco, y solo el equipo del puente puede decidir cuál es la velocidad adecuada en cada momento según las circunstancias.

Zhuravsky bajó corriendo al camarote del jefe de máquinas Stappleton, y después de darle el recado de Fokke para que el jefe de máquinas subiera al puente, el alumno de puente ucraniano siguió descendiendo a toda prisa por las escaleras hasta la sala de máquinas. Allí, en el control, el calderetero Rashmi Uday, que estaba de guardia, le preguntó qué era lo que pasaba para que bajara con tanta prisa y tan nervioso. Al igual que se habían dado cuenta arriba de que el "CSCL Mu Cephei" estaba aumentando de velocidad, Uday también se había percatado de ello, pero pensaba que era algo controlado desde el puente. Pero al explicarle Zhuravsky que el motor estaba aumentando las revoluciones contra las órdenes expresas del capitán Fokke, Uday se puso muy nervioso.

Mientras el calderetero Uday intentaba accionar los mandos del motor sin conseguir nada, Stappleton llegó jadeante a la sala de máquinas tras haber hablado arriba con Fokke sobre el cambio en el régimen de revoluciones del motor del "CSCL Mu Cephei". Lo primero que hizo fue manejar el telégrafo para volver a las revoluciones a las que debía trabajar el motor. Pero, al igual que antes Uday o que Zaichko en el puente, Stappleton tampoco consiguió ningún resultado. El motor no respondía a las órdenes del telégrafo, por muy inverosímil que pareciera.

Stappleton le pidió al alumno Zhuravsky que avisara a los demás oficiales de máquinas, dada la situación, y luego subió de nuevo al puente para hablar con Fokke.

Poco después, cuando llegó arriba casi sin aire tras haber

subido todas las escaleras corriendo, ya que el ascensor tampoco funcionaba, Stappleton puso al día a Fokke.

—¿Y qué crees que podemos hacer, Bill? —preguntó Fokke muy preocupado.

—No tengo ni idea. Parece que el motor no responde a ninguno de los mandos del control de la máquina. Solo se me ocurre intentar parar el buque manualmente soltando el eje de cola, pero no lo he hecho nunca, no sé si podremos hacerlo y no sé si funcionará.

—Bien, inténtalo de todos modos. No me gusta nada la idea de navegar a toda máquina en este barco tan grande con una niebla tan cerrada, sin radar y sin ningún tipo de control sobre la velocidad del barco. Mirad a ver si podemos parar el barco de alguna forma. Luego ya veremos qué se puede hacer.

Cuando Stappleton regresó al control de la sala de máquinas, ordenó a sus oficiales, al calderetero y a los engrasadores que cogieran las herramientas necesarias y que intentaran separar el eje de cola de los cigüeñales que lo movían. Nunca habían hecho nada parecido, pero era lo único que se les ocurría que podían hacer para detener el buque.

Bueno, sí, pensó Stappelton. Sí había una cosa más que podían hacer. Pero se limitaba a cruzar los dedos y a esperar.

23

Eran ya casi las nueve de la mañana. Todos los hombres de la sección de máquinas llevaban más de dos horas trabajando con todas sus energías en un intento desesperado de detener el movimiento de la gigantesca hélice del "CSCL Mu Cephei" que les seguía empujando a plena potencia a ciegas por un mar oculto tras la niebla, pero todos sus esfuerzos estaban resultando baldíos y eran incapaces de hacer nada.

No lograban, pese a que ponían todo su empeño en la tarea, que ninguna de las tuercas que debían aflojar se moviera lo más mínimo. Parecía que toda la maquinaria del barco hubiera sido soldada por alguien. Algo que podría esperarse en algunas partes de un motor viejo y sin mantenimiento, pero que era algo completamente incomprensible en un motor recién estrenado y en perfecto estado hasta unas pocas horas antes.

Finalmente, tras varias horas de trabajo infructuoso, la tripulación de la sección de máquinas del "CSCL Mu Cephei" se dio por vencida y Bill Stappleton subió al puente para comunicárselo a su capitán, que estaba completamente perplejo ante las serias dificultades con las que se estaban encontrando desde que salieron de Hong Kong.

—Bernard —dijo con cara compungida Stappleton a Fokke nada más entrar en el puente—, es inútil. No somos capaces de soltar ni una de las piezas del motor, ni siquiera podemos desenroscar una simple tuerca. Es como si alguien o algo hubiese soldado a conciencia todas y cada una de las partes de la máquina, hasta la más pequeña. O más exactamente, podría decirse que todas las piezas fueran ahora una sola.

—¿Y eso qué significa, Bill?

—Pues significa que no podemos hacer nada para detener al "CSCL Mu Cephei". Por suerte estamos lejos de la costa y nos dirigimos a mar abierta, pero no tenemos ni el más mínimo control sobre la máquina.

—Sí, por suerte. Pero con esta niebla y sin el radar no podemos saber qué es lo que podemos encontrarnos por la proa de aquí en adelante, y aunque ahora sepamos que no hay barcos cerca, quién sabe lo que podrá pasar dentro de unas horas.

Luego Fokke comprobó varios datos en el panel del control de navegación y se quedó unos minutos pensativo. Por fin, dirigiéndose a Stappleton añadió:

—Se me ocurre que, en última instancia, para detener el barco podríamos intentar cortar el suministro de combustible al motor. ¿Crees que sería posible?

—Hombre, en teoría sí, pero no sé por qué me da que no podremos cerrar ninguna válvula. Me parece que todo el motor y toda la maquinaria del barco están igual que lo que hemos visto hasta ahora. No tengo mucha fe en que podamos hacer algo más.

—Puede ser. ¿Y si estudiamos la posibilidad de vaciar los tanques de combustible? No conozco ningún motor que funcione sin combustible. Ahora estamos demasiado cerca de las costas de Japón para intentarlo, pero dentro de unas horas ya estaremos lejos y unas cuantas toneladas de fuel seguramente se evaporarán o se irán al fondo sin llegar a ninguna costa. De todas formas, no es algo que vayamos a hacer. Lo que te digo es que mires cómo están todas las válvulas y las bombas y que me digas si, en caso necesario, podríamos hacerlo o no.

—Como quieras Bernard. Me pondré a ello enseguida —contestó Stappleton sin mucho convencimiento.

Mientras Bill Stappleton bajaba de nuevo a la máquina, Fokke miró la carta de navegación en la que estaban anotadas las situaciones del "CSCL Mu Cephei" y la línea que representaba todo el largo viaje que aún les quedaba por delante hasta llegar a Los Ángeles. Sí, era una suerte que durante los próximos días tan solo un inmenso océano se interpusiera entre ellos y la costa de EE.UU., pero en las condiciones en las que estaban navegando, sin control en la máquina, sin radar y sin visibilidad, tenían muchas posibilidades de tener un accidente con cualquier barco que se cruzara en su camino.

Desde que habían iniciado la derrota ortodrómica, el sistema de control del rumbo había funcionado de forma automática correctamente, pero Fokke decidió que ahora era un buen momento para probar el timón y el piloto manual. Así estaría más tranquilo. Ya que no podían controlar la velocidad del barco, al menos podrían cambiar el rumbo de la nave, lo que era vital para evitar una posible colisión si se diera el caso.

Fokke seleccionó en el panel el botón de control manual del timón, pero la luz siguió inmutable en el testigo del control automático. Fokke apretó de nuevo con más fuerza el botón, pero no pudo seleccionar el modo manual. Los mandos del control no respondían.

Luego probó a modificar en el panel el rumbo programado en el piloto automático para ver si el timón del "CSCL Mu Cephei" respondía a esa orden. Pero al igual que antes, ninguno de los botones que accionó dio ningún resultado. Por mucho que lo intentó, a Fokke le fue del todo imposible cambiar el rumbo que llevaba su barco. Lo único que le tranquilizó fue que el sistema seguía en todo momento el rumbo ortodrómico y automáticamente cada poco tiempo el timón caía un poco a estribor. Así podían recorrer la línea recta ortodrómica que les llevaría hasta el punto de recalada frente a Los Ángeles, una línea recta que en realidad es curva, porque es una línea trazada sobre el globo terráqueo que se curva lo mismo que lo hace la esfera terrestre.

Por ello, si el sistema seguía así, controlando la derrota ortodrómica correctamente, por lo menos sabían que llegarían a Los Ángeles, ya que si no se modificara el rumbo actual en ningún instante seguirían navegando hacia el Mar de Bering y se estrellarían en algún punto de Alaska.

Fokke miró el reloj y decidió que ya era hora de hablar claramente con la oficina de tierra, no podía demorar más esa conversación. Hasta ahora, además de comentarles la desaparición del electricista chino, tan solo les había explicado que tenían algunos problemas menores. Pero el hecho de no poder controlar ni el motor ni el rumbo del "CSCL Mu Cephei" era algo que se escapaba a toda lógica. Probablemente no les podrían ayudar mucho desde tierra, pero desde luego debían saber en qué situación estaban.

Fokke cogió la emisora de radio del buque e intentó conectar por el teléfono satelital con tierra, pero fue en vano. No tenían señal.

Después intentó entablar contacto con alguna de las embarcaciones que debían tener al alcance de la radio por el canal 16 de VHF, el canal de escucha obligatorio. Pero, al parecer, tampoco funcionaba. El sistema de mensajería del AIS tampoco recibía nada ni podían transmitir mensaje alguno y, por supuesto, la conexión a Internet tampoco funcionaba.

Y mientras Fokke intentaba comunicarse con el exterior por todos los medios que tenían a bordo, ocurrió otro hecho incomprensible: todas las señales del AIS que aún recibían de otros buques en el panel de la carta de navegación electrónica desaparecieron de la pantalla. Y, ante la perplejidad de Fokke y del resto del personal que había en el puente, la situación del "CSCL Mu Cephei" que el sistema de navegación de GPS seguía señalando hasta ese momento en la carta electrónica también desapareció de la pantalla.

Era como si alguien hubiera borrado en ese mismo instante al "CSCL Mu Cephei" de la faz de la Tierra. No tenían contacto con el exterior, no eran capaces de detener su marcha, no sabían su situación real y no podían ver nada debido a la niebla que seguía con ellos, por lo que ni siquiera podrían situarse por las estrellas o el Sol, ya que la visibilidad alrededor del puente era de menos de cien metros en todas las direcciones.

Solo sabían que iban a bordo del mayor buque jamás construido por el hombre, surcando el Océano Pacífico a toda máquina sin ver lo que tenían por delante y sin poder comunicarse con nadie.

Y al darse cuenta de todo esto, a Bernard Fokke solo le vino un pensamiento a la cabeza: el "CSCL Mu Cephei" se había convertido en uno más de los buques fantasmas de los que hablaba su libro.

24

Eran las diez de la mañana en Hong Kong. El calor y la humedad ya eran tan insoportables como siempre y las calles de la zona financiera de esta inmensa metrópoli bullían con el abundante tráfico y el ir y venir de la gente que llenaba esta populosa y moderna ciudad del sur de China, otrora colonia del imperio británico.

Keir Atwood Dullea, al que todos sus compañeros de la oficina le llamaban cariñosamente Woody, llevaba ya poco más de dos años viviendo en Hong Kong pero no se había acostumbrado aún, y no creía que lo hiciera nunca, a soportar tanto calor y tener que cambiarse de camisa dos veces al día debido a la traspiración tan alta que tenía que padecer nada más salir a la calle cada mañana. En Swansea, el pueblo al sur de Gales donde había nacido y donde se había criado, lo normal era tener que salir a la calle con algo de abrigo incluso en los meses de verano, por ello su cuerpo no se habituaba a tener que vivir en una perenne sauna de calor y humedad.

Por las mañanas, en cuanto salía de su apartamento para ir a trabajar a las oficinas de su empresa, la CSCL China Shipping Container Lines, solía coger un taxi para llegar cuanto antes al edificio de la empresa en Westlands Road y poder así refugiarse bajo el aire acondicionado de su despacho. No quería ni pensar en cómo era la vida en esta zona tropical de China antes del gran invento que habían sido los acondicionadores de aire.

Antes de aceptar este trabajo en Hong Kong, Keir Atwood Dullea había navegado varios años en los buques portacontenedores de la naviera alemana Hapag Lloyd como oficial de puente e incluso como capitán de uno de sus barcos en su último año en la mar. Pero a raíz de una grave enfermedad de su esposa, que no pudo superar, había abandonado su vida en la mar y había estado trabajando en las oficinas de la empresa en tierra hasta el fallecimiento de su mujer. Más tarde, y gracias a un buen amigo, había conseguido este trabajo en Hong Kong en la CSCL, lo que le venía muy bien para alejarse de Europa y del mundo que había compartido con su mujer en Gales y para poder ir poco a poco adaptándose a esta nueva etapa de su vida sin ella. Aún era relativamente joven, puesto que no había cumplido los cincuenta años, y esperaba que pasara algo de tiempo para, tal vez, iniciar una nueva relación con otra mujer y rehacer su vida.

Mientras tanto, su trabajo en las oficinas centrales de la CSCL le mantenía en contacto con el mundo de los barcos, ya que él era el director del departamento de operaciones y era quien controlaba el movimiento de los mayores buques de la compañía, incluyendo el "CSCL Mu Cephei" desde que había zarpado de Hong Kong un par de días antes.

Tras pasar la primera parte de la mañana en una reunión de trabajo en una de las empresas del puerto, Keir Atwood Dullea acababa de llegar a su despacho y tras dejar la chaqueta en el perchero había encendido los ordenadores en los que tenía a la vista diferentes mapas digitales de todos los mares del mundo. En estos mapas podía ver en tiempo real, a través de los transmisores de AIS de los diferentes buques, dónde estaba la mayor parte de la flota de barcos mercantes de todo el mundo, aunque, por supuesto, su mayor interés era la situación de los buques de su empresa, y más concretamente los grandes buques que era de los que se encargaba él personalmente.

Mientras se preparaba una taza de té, echó un vistazo a los boletines de la empresa y a un par de periódicos que le habían dejado en su mesa como cada día. Miró en primer lugar, como era su costumbre, las páginas dedicadas a la economía internacional por si había alguna noticia importante relativa al negocio del transporte de mercancías por vía marítima, y después se entretuvo unos minutos en las páginas de deportes para saber cómo marchaba la Premier League, pues era un gran seguidor del Swansea City, el equipo de su ciudad y su equipo de toda la vida desde que de niño había empezado a jugar al fútbol en la playa.

Tras este protocolario inicio de su jornada laboral en la oficina, y cuando ya en los ordenadores se habían cargado todos los mapas y los triángulos que indican la posición de cada barco en el océano, Keir Atwood Dullea echó un primer vistazo a las pantallas. Chequeó la situación de los buques que tenía a su cargo y se aseguró de que en las últimas horas todos ellos hubiesen seguido sin novedad sus planes de viaje previstos.

El "CSCL Mu Cephei", la nueva joya de la corona de la CSCL, aparecía en la pantalla en el lugar donde tenía que estar. No había recibido ninguna notificación nueva por la noche, pero según el AIS del buque éste mantenía su rumbo y velocidad y navegaba por una zona en la que el tráfico de buques no era demasiado importante. Por lo tanto todo marchaba como debía, una buena forma de comenzar la jornada laboral, con tranquilidad y sin sobresaltos desde primera hora de la mañana, cosa que solía ser muy habitual en este negocio.

Pero mientras Woody revisaba los planes de viaje de sus barcos, algo cambió en una de las pantallas, algo que atrajo irremediablemente toda su atención. La señal del AIS del

"CSCL Mu Cephei" se esfumó de pronto. No era infrecuente que estas señales a veces desaparecieran por unos instantes, sobre todo si los buques navegaban por zonas muy lejanas a la costa. Pero en esos momentos el "CSCL Mu Cephei" estaba al alcance normal de los receptores de AIS de la zona donde navegaba, lo que suponía que algo estaba fallando en el transpondedor del buque, ya que el resto de las señales de los barcos de esa zona seguían apareciendo en la pantalla del ordenador como hasta entonces.

Woody esperó unos minutos para ver si la señal se restauraba en la pantalla, pero eso no ocurrió. Así que envió un mensaje al "CSCL Mu Cephei" a través del correo electrónico, del sistema del AIS y del telex de la oficina. Esperó unos minutos más pero no obtuvo ninguna confirmación de que en el barco se hubieran recibido esos mensajes.

Después, ya más apurado, descolgó el teléfono satelital y marcó el número del capitán Fokke. Espero un tiempo, pero ni siquiera obtuvo señal de que en el barco tuvieran su teléfono activado y en línea.

Keir Atwood Dullea se estaba poniendo nervioso por momentos. Si cualquier incidente en el viaje inaugural de su mayor barco, el más grande y moderno del mundo, hubiese sido una muy mala noticia para la compañía, no quería ni pensar en lo que sucedería si esta ausencia de señales de vida se tradujera finalmente en un accidente grave del "CSCL Mu Cephei".

Woody miraba una y otra vez a las señales del AIS que tenía en sus pantallas. Podía hacer que el sistema reprodujera los movimientos que todos los barcos de una zona concreta habían realizado en las últimas veinticuatro horas. Era una herramienta estupenda para investigar las posibles causas de colisiones entre barcos o de varadas por pérdida del rumbo. Pero por más que comprobaba las derrotas de los barcos en esas últimas horas, ninguna de ellas coincidía con la derrota que había seguido el "CSCL Mu Cephei" hasta que la señal simplemente se detenía en un punto, exactamente como si en ese lugar el buque se hubiera ido al fondo del mar. Desde luego, y viendo la pantalla, no parecía que su buque hubiese chocado con ningún otro barco, por lo que parecía descartable la opción de un siniestro por colisión, por lo que el problema debía de ser otro.

Por si acaso Keir Atwood Dullea preparó algunos mensajes para enviar a los barcos cercanos al "CSCL Mu Cephei" a través de los diferentes sistemas de comunicación que tenían en la oficina. No sabía cómo preguntarles de forma diplomática si seguían teniendo su barco a la vista o en las pantallas de sus radares sin resultar demasiado evidente que en la propia oficina de la CSCL habían perdido la señal de su mayor barco, un barco de casi quinientos metros de eslora. Tenía que andarse con ojo para no lanzar al aire lo que sería sin duda una noticia de impacto que abriría los informativos de todo el mundo y que sería desastrosa para la credibilidad y reputación de una de las navieras más grandes y fiables que existía.

Pero mientras un sudoroso y cada vez más nervioso Woody daba vueltas en su cabeza para pensar en cómo podría averiguar qué es lo que había pasado con su barco sin levantar sospechas hasta no tener algunos datos confirmados, la terrible realidad se le adelantó.

A través del centro de control de salvamento marítimo de la zona del sur de Japón, llegaba la noticia de que varios barcos estaban informando simultáneamente de la desaparición de las pantallas de sus radares del eco que hasta entonces situaba al "CSCL Mu Cephei" navegando en el Océano Pacífico. Y esto era el comienzo de un despliegue casi nunca visto hasta entonces de medios tanto marítimos como aéreos de búsqueda y rescate.

Keir Atwood Dullea no daba crédito a las noticias que le llegaban y que confirmaban la desaparición de su barco. Sabía bien que cualquier buque, incluyendo el "CSCL Mu Cephei", puede tener un accidente y hundirse, pero lo que era realmente extraño es que desde el barco no hubieran emitido ningún aviso de socorro. Si habían tenido un incendio o una explosión a bordo, lo normal es que hubieran avisado por radio o que hubieran enviado ellos mismos un mensaje de emergencia. Y si el barco se había hundido por cualquier circunstancia, por muy rápido que lo hubiera hecho, deberían haberse activado también las radiobalizas y los demás sistemas automáticos que lanzan mensajes de socorro cuando un barco se hunde. Y si el barco no se había hundido, si algo había ocurrido a bordo que hubiera impedido a cualquier miembro de la tripulación enviar un aviso de emergencia, el eco del barco debería seguir siendo visible en las pantallas de radar de los barcos de la zona, incluso aunque el AIS hubiese dejado de trasmitir.

No. Keir Atwood Dullea no podía pensar en ninguna explicación lógica para que su barco hubiese desaparecido de la forma en que lo había hecho. Era como si, de repente, se hubiera desvanecido en la nada en la mitad del océano, algo que parecía simplemente imposible.

Pero fuera lo que fuera lo que había ocurrido con el "CSCL Mu Cephei", lo imposible había sucedido una vez más. Como cuando el quince de abril de 1912, el barco más famoso y moderno del mundo, el "Titanic", había desaparecido en su primer viaje tan solo unos pocos días después de zarpar.

25

Era solo el mediodía del segundo día del viaje. Fokke seguía en el puente y tras todo lo que les estaba pasando a bordo le parecía imposible que solo hubiera pasado tan poco tiempo desde que salieron de Hong Kong, puesto que su percepción era la de que había transcurrido toda una eternidad.

Había llamado al puente a todos sus oficiales y había establecido allí el centro de mando del gabinete de crisis que había tenido que crear para intentar mantener adecuadamente la situación tan anómala que estaban viviendo, si es que era posible tener algo de control visto lo incontrolable que era todo lo que les ocurría. No existía, no podía existir, nada establecido en ningún protocolo de emergencias para un caso así, ya que era una sucesión de acontecimientos sencillamente imposible de que ocurriera en un buque como el "CSCL Mu Cephei" o en cualquier otro.

Pero, sin embargo, por muy imposible que fuera, lo estaban experimentando en sus propias carnes. Si al menos estuvieran navegando cerca de las Islas Bermudas, en el Océano Atlántico, podrían empezar a creer en esas leyendas de barcos desaparecidos misteriosamente en esa zona del Atlántico norte cercana a América. Pero aquí no existían ese tipo de leyendas, que por otra parte ningún marino serio se creía.

Stappleton y sus oficiales seguían luchando con todas sus

energías contra su propia maquinaria tratando de desmontar alguna de las partes que pudiera hacerles perder velocidad, pero todos sus esfuerzos estaban resultando inútiles hasta ese momento.

Cada media hora, el propio Stappleton, o uno de sus hombres, subía al puente para informar al capitán. Pero en ninguna de estas ocasiones podían añadir nada nuevo. Habían intentado incluso perforar las planchas de uno de los tanques de combustible, pero ni siquiera con su más potente taladro ni con su mejor equipo de soldadura habían logrado hacer nada. Era como si el acero con el que estaba construido el "CSCL Mu Cephei" hubiera adquirido una consistencia mucho más sólida que la de su propia naturaleza.

Así que la situación no había variado nada. Seguían siendo una inmensa bomba de relojería arrojada por alguien sin mirar en dónde podía caer y sin saber cuánto tiempo quedaba para una detonación que era inevitable e inminente. Nadie podía decir dónde y cuándo iba a explotar, pero lo único seguro es que explotaría, y ellos estaban dentro de la bomba sin poder hacer nada por salvarse.

Además, como algunos de los tripulantes habían desaparecido de manera tan misteriosa en las últimas horas, ninguno de los miembros de la tripulación del "CSCL Mu Cephei" se atrevía a quedarse solo.

A Bernard Fokke le había parecido buena idea, visto este temor, el que los hombres trabajaran en equipos de al menos dos personas. Y así, los que seguían buscando a sus compañeros desaparecidos lo hacían en parejas, los que estaban en la cocina no se separaban del grupo y tanto el equipo de puente como el de máquinas trabajaban codo con codo como una única unidad. Y cada vez que alguien debía subir o bajar del puente para mantener la comunicación entre los diferentes equipos iba en todo momento acompañado de otra persona.

Pero no tenían forma de saber que todo cuanto hicieran era inútil, ya que desconocían contra qué enemigo se estaban enfrentando. No. Era imposible que comprendieran qué era lo que estaba pasando en el "CSCL Mu Cephei", pues era algo que nunca había ocurrido en ningún otro lugar de la Tierra, ni siquiera en millones de kilómetros a la redonda.

Por ahora habían desaparecido tres de los tripulantes del buque de forma misteriosa, y eso era una gran preocupación para Fokke y para toda su tripulación. Aunque lo que más les intrigaba a todos, sobre todo a los oficiales, era el no tener ni idea de por qué habían perdido el control de todos los sistemas del barco, tanto de la máquina como de los sistemas de navegación. Lo de la niebla en la que estaban inmersos, teniendo el barco un buen funcionamiento, era un problema importante pero perfectamente soportable. No era la primera vez que Fokke y los demás marinos del "CSCL Mu Cephei" se enfrentaban a nieblas persistentes y cerradas. Pero en las circunstancias en la que estaban, sin radar, sin AIS, sin GPS, sin comunicaciones y sin ningún control ni en el rumbo ni en la velocidad de la nave, vivían en una situación muy peligrosa que a todos les causaba una gran ansiedad al pensar que en cualquier momento podrían colisionar contra otro barco y hundirse en el océano sin poder hacer nada por evitarlo. Lo único que podían hacer era cruzar los dedos para que eso no ocurriera, pero no era un gran consuelo para unos marinos como ellos, acostumbrados a estudiar todas las posibilidades antes de tomar una decisión coherente y profesional.

El primer oficial de máquinas, el ucraniano Vitaly Borodulin, acababa de abandonar el puente junto al alumno de máquinas indio, Dulal Lahiri, tras haber subido a informar a Fokke de que todo seguía igual en la máquina. Como ya habían visto antes, toda la maquinaria del "CSCL Mu Cephei" se había fusionado de manera misteriosa y era imposible manipularla de ninguna forma humana. Sin embargo, el eje de cola sí que seguía moviéndose a las máximas revoluciones haciendo girar la gigantesca hélice de doce metros de diámetro que propulsaba así al gigantesco barco a toda velocidad a través del océano.

Pero mientras el primero de máquinas y el alumno descendían de nuevo a la sala de control de la máquina para seguir trabajando, el joven indio Lahiri se retrasó un poco de su primer oficial, que saltaba los peldaños de las escaleras de dos en dos para intentar llegar cuando antes junto a sus compañeros en la sala de máquinas. Así que Borodulin no se dio cuenta de que el joven indio Lahiri no le había seguido hasta que llegó a la sala de control y los demás le preguntaron por el alumno.

—Si bajaba junto a mí —fue lo único que pudo decir Borodulin antes de salir de nuevo corriendo escaleras arriba para saber si le había pasado algo a Lahiri.

Pero nunca llegaron a saber si algo le había ocurrido al alumno Lahiri, porque no volvieron a verle más. Se había desvanecido igual que los demás. Borodulin había tenido suerte, ya que al bajar tan rápido por las escaleras no se había percatado de un ligero temblor en el suelo de uno de los pasillos. Sin embargo Dulal Lahiri, que iba unos pocos metros más atrás, se había quedado como hipnotizado al ver ese casi inapreciable estremecimiento en el suelo del pasillo, y eso fue suficiente para que su destino se reescribiera de una forma que nadie habría podido prever. El imperceptible temblor dio paso a una oscilación que aumentaba y aumentaba a medida que Lahiri se acercaba a ella. Y para cuando percibió el peligro que le acechaba ya era tarde, pues él mismo pasó a ser parte de esa materia que vibraba y dejo de pertenecer a este mundo.

Y con las prisas por averiguar qué le había pasado a Lahiri, el primer oficial de máquinas, Borodulin, en un intento desesperado de evitar la desaparición de otro tripulante, había salido de la sala de máquinas corriendo escaleras arriba para tratar de encontrar al joven indio sin tomar la precaución de pedir a alguien que le acompañara por si acaso. Y ese error fue fatal para él mismo, ya que cuando llegó a la altura de la cubierta donde pocos segundos antes Lahiri se había desvanecido sin dejar ningún rastro, Borodulin, ahora sí, vio a su vez el extraño temblor que antes no le había llamado la atención y, al igual que Lahiri, no pudo evitar ser absorbido en una extraña dimensión abandonando para siempre su existencia humana.

26

Sus órdenes habían sido grabadas de forma tan extraordinariamente clara que, pese al largo tiempo pasado desde entonces, no podía tener ninguna duda de qué era lo que debía hacer ahora. Pero, como el ser inteligente que era, no podía dejar pasar la oportunidad de jugar un poco antes de completar su trabajo. Además, daba igual si tardaba más o menos tiempo en hacerlo. El resultado final de to¬das formas sería siempre el mismo y no tenía nin¬guna prisa, podía demorarse el tiempo que quisiera.

Sabía que toda su labor consistía en acabar con cualquier signo de vida que encontrara en su camino, pero, como un gato que se entretiene en jugar con el ratón antes de comérselo, no quería que su trabajo se terminara demasiado pronto, así que decidió ir eliminando a aquellos seres tan atrasados para él sin prisa, de uno en uno, y no hacerlo con todos a la vez en un instante, algo que, por otra parte, no le costaría el más mínimo esfuerzo pues su casi infinitos poderes le permitían controlar y modificar a su antojo el espacio físico en el que se movía ahora.

Porque da lo mismo el tipo de inteligencia que un ser tenga, pues la inteligencia está ligada íntimamente con el juego y con enfrentarse a otros seres inteligentes para demostrar quién lo es más. Y aunque sabía que en miles de millones de kilómetros a la redonda no había nada ni nadie que se le asemejara en inteligencia, cualquier oportunidad de medirse de alguna forma con otras mentes le resultaba agradable.

Así que, simplemente, continuó jugando un poco más antes de dedicarse plenamente a la importante tarea final para la que había sido enviado desde tan lejos.

27

Un día más había transcurrido en el viaje hacia Los Ángeles. El capitán Fokke había cenado en el puente algo improvisado por el cocinero junto a sus oficiales y después se había dirigido a su camarote para asearse un poco. Como sus órdenes eran la de no quedarse solos en ningún momento, le pidió a Dekker que le acompañara.

Ya en su camarote, Fokke fue un momento al cuarto de baño y Dekker, mientras tanto, se tumbó en el sofá del camarote del capitán para descansar un poco, pero sin dejar de vigilar por si pasaba algo. Al terminar de asearse, Fokke se tumbó en su cama. Los dos estaban muy cansados por el estrés de la situación y a Fokke le pareció bien tomarse unos minutos para relajarse, ya que la noche iba a ser larga.

Tomó de nuevo el libro para leer algo sobre otra de las leyendas del mar. Mientras lo abría pensó con ironía que en una nueva edición tal vez incluyeran un nuevo capítulo sobre el "CSCL Mu Cephei".

La historia que leyó Fokke esta vez trataba del "Lady Lovibond", una de las leyendas británicas de casos misteriosos ocurridos en la mar. Su capitán, Simon Peel, acababa de casarse y decidió llevar a su joven esposa de viaje de novios en su buque en uno de sus viajes. Iniciaron la travesía el trece de febrero de 1748, y muchos miembros de la tripulación expresaron su desagrado porque hubiera una mujer a bordo, puesto que entonces era común pensar que atraían la mala suerte a los barcos. Pero además de tener que aguantar estas supersticiones de algunos de los miembros de su tripulación, para Simon Peel lo peor fue que su primer oficial se enamoró perdidamente de su mujer. Cegado por los celos, el primer oficial, mientras estaba de guardia, dirigió el buque hacia el banco de arena de Goodwin, un lugar muy peligroso al sudeste de Inglaterra, en pleno Canal de La Mancha, y famoso por los naufragios que causaba todos los años. Tras encallar el buque, todos los tripulantes murieron en el siniestro, incluyendo a la joven esposa del capitán Peel. A partir de aquellos lamentables y trágicos hechos, la leyenda dice que cada cincuenta años el "Lady Lovibond" es avistado navegando por los alrededores de Kent en forma de un buque fantasma.

Tras la lectura y el descanso, Fokke le dijo a Dekker que ya era hora de que regresaran al puente. Nadie les había molestado en los pocos minutos que habían pasado en el camarote, así que supusieron que no había ninguna novedad en la situación.

Ya de nuevo en el puente, todos los tripulantes que quedaban aún en el "CSCL Mu Cephei" fueron avisados para que se reunieran allí por orden del capitán Fokke en un intento de asegurar la integridad de sus hombres. A pesar de que Fokke ya empezaba a resignarse a no poder tener ningún control sobre el buque, pensaba que su sitio era estar allí con su tripulación, sin abandonar el puente y tratando de mostrarles que se desvelaba por ellos. No quería asumir una derrota y cejar en el empeño de salvar al barco y a sus hombres, y no quería, tampoco, dar la más mínima muestra de debilidad ante su abatida tripulación.

Durante la tarde, desde que habían desaparecido el primer oficial de máquinas y el alumno, no había sucedido nada nuevo, por suerte para todos. Habían continuado trabajando para tratar de recuperar el control sobre la nave y habían procurado mantenerse unidos en grupos de tres o cuatro hombres para darse apoyo unos a otros.

En la cocina, tanto el cocinero chino Chen Peimeng como su ayudante Zhang Shiwei, también chino, se habían esforzado en preparar bocadillos y otros platos para mantener, dentro de la complicada situación, una cierta normalidad en la rutina diaria de a bordo.

Por su parte, Fokke había sopesado con sus oficiales de puente la posibilidad de abandonar la nave en uno de los botes de rescate, y por ello había enviado a Zaihko junto al alumno Zhuravsky a revisar los pescantes de los dos botes que tenían, uno a cada lado del buque.

Pero cuando intentaron manipular los mandos tanto manuales como automáticos de los ganchos de suelta de los pescantes de ambos botes, se encontraron con que les había sido totalmente imposible mover ninguno de sus elementos. Por tanto, los dos botes estaban inutilizables, así que, por ahora, se descartó la viabilidad de ese plan alternativo. También probaron las balsas salvavidas, pero el resultado fue el mismo. Todo parecía inútil.

Vista la situación, Bernard Fokke había preferido reunir a toda la tripulación en el puente para organizarse de la forma más segura posible para pasar una noche más, una noche que se presagiaba muy larga, dada la incomodidad de estar todos juntos en un lugar tan reducido.

La idea del asesino que habían comentado en un primer momento Fokke y Stappleton parecía del todo descartada, pues habían podido comprobar que cuando el alumno Lahiri y el primer oficial de máquinas Borodulin habían desaparecido, todos los demás miembros de la tripulación se encontraban reunidos en grupos, por lo que ninguno había tenido la oportunidad de acabar con ellos. Y tampoco habían encontrado nada que les confirmara la presencia de un polizón a bordo.

Mientras los hombres que quedaban intentaban organizarse, Fokke y Stappleton salieron al alerón de estribor para comentar la situación. Ambos estaban preocupados, como no podía ser de otra manera, y no dejaban de dar vueltas a qué era lo que estaba sucediendo de verdad a bordo del "CSCL Mu Cephei".

—Sabes, Bill –dijo Fokke apoyado en la barandilla del alerón—. Sé que suena raro y ya sé que hicimos una búsqueda bastante exhaustiva sin éxito por todo el barco, pero creo que tiene que haber alguien más a bordo, además de nosotros.

Stappleton permaneció aparentemente inmutable mirando a su capitán, y apenas le cambió el rostro al oír lo que Fokke acababa de decir.

—Sí, Bernard —se limitó a comentar—. No me atrevía a comentártelo, pero es una idea que también me ha rondado por la cabeza en las últimas horas. Lo que no entiendo es qué tipo de persona es capaz de hacer desaparecer como lo ha hecho a nuestros hombres. Borodulin era una persona muy fuerte, no creo que a alguien le resultara sencillo controlarlo en una pelea, y además iba con el alumno, y ambos han desaparecido sin que nadie haya escuchado ni un ruido, ni un grito, nada. Tiene que ser alguien capaz de dejar inconsciente a una persona de manera muy rápida. Tal vez con un arma con silenciador, o algún gas paralizante.

—Sí —dijo Fokke—. No hay ni rastro de los tripulantes desparecidos. Ni una mancha de sangre, ni restos de ropa. Si de verdad tenemos un polizón a bordo que está matando a nuestros tripulantes lo está haciendo de una forma muy discreta. Pero eso no creo que sea lo que está pasando. O al menos no solo eso. No creo que la explicación sea tan sencilla como la de un polizón asesino. Porque, cómo explicar los errores en los sistemas y lo que pasa con la máquina. Eso no creo que lo pueda hacer una persona.

—No te entiendo, Bernard —dijo Stappleton—. Entonces, lo que me acabas de decir hace un momento no tiene sentido.

Fokke miró a los ojos a Stappleton.

—Es que pienso que no es que haya alguien a bordo, sino que algo a bordo del "CSCL Mu Cephei" está provocando todo esto —añadió Fokke.

Stappleton se quedó en silencio. Miró a Fokke y comprendió que estaba en lo cierto. Tal vez no hubiera alguien más a bordo. Tal vez fuera algo, en lugar de alguien.

Tras quedarse un rato a solas con sus pensamientos, Fokke y Stappleton entraron de nuevo al puente. No entendían lo que pasaba, pero sabían que suponía un gran peligro para la tripulación del "CSCL Mu Cephei".

Por ese temor es por lo que estaban ahora reunidos en el puente preparándose para dormir, ya que ninguno de los tripulantes estaba dispuesto a hacerlo solo en su camarote, por razones obvias. Por sugerencia de Stappleton habían decidido dormir en tres grupos. Los oficiales de puente se repartirían entre el puente y la sala del camarote del capitán, ya que estaban muy cerca y en la misma cubierta. Por su parte, los oficiales de máquinas dormirían en la sala de oficiales y el resto de la tripulación pasaría la noche en la sala de subalternos.

Una vez decidido lo que iban a hacer, los diferentes grupos se marcharon juntos para pasar por los camarotes para recoger algunas mantas y almohadas. Luego el cocinero y su ayudante fueron a la cocina para repartir entre los tres grupos algo de comer y algunos termos de café y té, así nadie tendría que ir al comedor a mitad de la noche si tenía hambre o sed.

Ya con todo organizado, la tripulación del "CSCL Mu Cephei" se dispuso a enfrentarse a la noche sabiendo que alguien, o algo, les acechaba en su propio barco y eso, como era comprensible, producía un verdadero temor e incluso pánico en algunos de los hombres más susceptibles y supersticiosos.

Poco más de una hora después de dejar el puente, todos los subalternos del "CSCL Mu Cephei" estaban ya tumbados en sus improvisadas camas mientras charlaban para intentar ahuyentar el miedo y la ansiedad. Algunos sabían que les iba a costar mucho dormir esa noche, así que intentaban alargar las conversaciones con los compañeros para retrasar todo lo posible el momento de sentir el silencio y la soledad de la noche, pero poco a poco la mayoría fue dejándose llevar por el cansancio y las charlas fueron extinguiéndose hasta que al final el silencio se apoderó de la sala donde descansaban y del buque entero.

Todos dormían ya cuando uno de los marineros, el chino Ken Lai, que era el que más cerca de la puerta se encontraba, percibió algo extraño en el pasillo. Abrió los ojos con preocupación y levantó la cabeza para ver qué era lo que le había sobresaltado. Observó a sus compañeros y comprobó que todos dormían aparentemente sin novedad, pero al mirar hacia la puerta vio algo que le dejó completamente helado de miedo. Una extraña y tenue luz rojiza se iba filtrando cada vez con más intensidad por los bordes de la puerta. No se oía ningún ruido, pero estaba claro que la luz se acercaba más y más a donde se encontraban. Ken Lai no pudo evitar gritar para alertar a sus compañeros.

—¡Mirad, mirad eso! —exclamó el chino casi ahogando sus propias palabras por el terror que estaba sintiendo.

Enseguida todos se despertaron y miraron paralizados hacia la luz que poco a poco iba haciéndose notar cada vez con más intensidad por los resquicios de la puerta.

—¡Allí, allí! Mirad abajo. ¡Algo se mueve! —volvió a exclamar Ken Lai mientras señalaba a la parte inferior de la puerta sin atreverse a mover un solo músculo.

Y mientras el asustado marinero decía esto, todos contemplaron horrorizados cómo entre la luz que se filtraba bajo la puerta, la sombra de lo que parecían ser unos pies humanos se formaba cada vez con más claridad. Y, dejando a todos paralizados por el terror que les había invadido hasta el último rincón de sus cuerpos, la puerta de la sala comenzó a abrirse lentamente.

Mientras el resto del equipo del puente dormía en el camarote del capitán y en el cuarto de derrota anexo al puente, Paul Dekker estaba de guardia para mantener la vigilancia por si ocurría alguna novedad o por si algún peligro inesperado surgía de algún lugar.

Todo el buque estaba en silencio y la niebla seguía abrazando la suave y veloz navegación del "CSCL Mu Cephei" sobre las aguas del Pacífico que estaban completamente en calma.

De repente, a Dekker le pareció oír un ruido que venía del pasillo de la escalera. Dekker se acercó a la puerta, que la habían dejado abierta por si el capitán y los demás oficiales tenían que acudir con rapidez al puente, y aguzó el oído. No tardó en comprobar que lo que parecían unos gritos llegaban hasta ahí arriba desde algún piso inferior, seguramente desde la sala de subalternos, donde dormía parte de la tripulación.

Al ver que algo estaba pasando abajo, Dekker no dudó en llamar a su capitán.

—Capitán Fokke, despierte, he oído unos gritos —dijo Paul Dekker mientras sacudía el hombro de Fokke que dormía profundamente en su camarote.

—¿Qué ocurre, Dekker? —preguntó Fokke mientras recuperaba rápidamente la consciencia de dónde estaba.

—Me ha parecido oír unos gritos que venían de abajo, juraría que era alguno de los marineros chinos. Si le parece bien, voy a bajar con Zhuravsky para ver qué es lo que pasa.

—Está bien, pero no se separen ni un metro el uno del otro.

—Descuide capitán. Así lo haremos.

Y Dekker y el alumno Zhuravsky comenzaron a bajar hacia la sala de subalternos para averiguar qué significaban esos gritos que había escuchado un momento antes.

Mientras tanto, en la sala de los subalternos, Ken Lai gritaba de pánico al ver que la puerta se estaba abriendo y que alguien iba a entrar envuelto en una luz que no era en absoluto natural. Todos sus compañeros ya se habían despertado alertados por sus gritos y miraban completamente paralizados por el miedo hacia la puerta sin atreverse a mover ni un solo músculo de sus cuerpos.

Y lo que todos vieron cuando la puerta se terminó de abrir fue algo que no hubiera esperado ver ninguno de los hombres del "CSCL Mu Cephei".

—¡Es Chun Li! ¡Es Chun Li! —gritó entre risas y sollozos Ken Lai al ver asomarse por la puerta a su amigo y compatriota, el desaparecido electricista Chun Li. No se le distinguía muy bien ya que la luz que tenía a su espalda era intensa, pero a ninguno de sus compañeros que estaban mirándolo les quedó la más mínima duda de que era él en persona.

Pero Chun Li no dijo nada. Se quedó un rato breve parado en la puerta y luego se dio la vuelta y comenzó a caminar por el pasillo con un paso lento y sin apenas mover su cuerpo que más parecía flotar que caminar.

Dos de los marineros chinos, Ken Lai y Leung Chun, se levantaron de un salto y salieron tras su reaparecido amigo para intentar ayudarle y para saber qué era lo que le había pasado desde que desapareció de forma tan misteriosa.

Pero para cuando se dieron cuenta de que solo estaban siguiendo a la sombra de un fantasma ya era demasiado tarde para ambos.

Lai y Chum no tuvieron tiempo apenas de mirarse o de decirse nada, y mucho menos de gritar algo a sus compañeros que se habían quedado en la sala esperándolos. Ambos chinos habían empezado a correr tras lo que ellos creían que era su amigo Chun Li, pero en un instante detuvieron su acelerada marcha y se quedaron paralizados por la sorpresa y el temor que les invadió.

Frente a ellos, casi al alcance de la punta de los dedos de sus manos, la forma que hasta un instante antes habían creído que era la de su amigo Chun Li se transformó en un remolino de humo incandescente que empezó a girar y a girar cada vez a mayor velocidad engullendo todo lo que había a su alrededor. Tanto el suelo como las paredes fueron adquiriendo un tono bermellón que poco a poco fue tornándose en un rojo cada vez más vivo, casi incandescente. Y a la vez, la solidez de la estructura del pasillo dio paso a una formación gelatinosa que empezó a ondular junto a los marineros que, impactados por lo que veían y no comprendían, se quedaron inmóviles esperando inánimes a que lo que tuviera que suceder sucediera por fin.

Y no tuvieron que esperar demasiado tiempo. Las paredes oscilantes y enrojecidas fueron abrazando de forma pausada pero inevitable sus cuerpos, que a su vez comenzaron a desvanecerse junto a todo lo que les rodeaba, sin prisa, despacio, lentamente, pero sin piedad y sin miramiento. Y al final, ambos marineros fueron a juntarse con Chun Li, donde quiera que estuviera ahora.

Tan solo un pequeño instante después de que ocurrieran estos hechos, ya no quedaba ni el menor rastro de la luz que había despertado a los tripulantes del "CSCL Mu Cephei". Y cuando Dekker y Zhuravsky llegaron finalmente allí, ninguno de los presentes fue capaz de explicar qué es lo que había pasado con los dos marineros chinos. Lo único que pudieron comprobar fue que, pese a todas las precauciones que habían tomado, otros dos hombres de la tripulación habían desaparecido, y ya eran siete en total, un número demasiado grande para una tripulación de veintiuna personas.

Además, los ánimos de todos los que seguían en el barco se derrumbaron de forma preocupante para Fokke y para los pocos que aún mantenían una esperanza de salvación. Porque era evidente que una gran sensación de derrota había anidado profundamente en el corazón de casi toda la tripulación y muchos intuían ya que ninguno de los hombres del "CSCL Mu Cephei" podría escapar jamás con vida de lo que estaba pasando a bordo. Fuera lo que fuera.

Amanecía en mitad del Pacífico mientras el "CSCL Mu Cephei" seguía su alocada carrera a toda máquina envuelto en la niebla más espesa que se había visto nunca en la superficie de la Tierra. La tripulación de la mayor nave construida jamás por el ser humano intentaba dormir en el puente del barco tras haberse agrupado en un único lugar para protegerse ante el desconocido peligro que les amenazaba desde que zarparon de Hong Kong tres días antes. En tan solo ese breve espacio de tiempo habían pasado de ser un grupo de profesionales perfectamente preparados para controlar el barco más avanzado tecnológicamente de la historia de la navegación, a ser un grupo de personas anuladas e incapaces de saber qué hacer para evitar un desenlace que parecía no ser otro sino la fatal desaparición de todos ellos.

Todo parecía seguir igual. Desde el trágico y extraño incidente a la madrugada con los dos chinos, la noche no había deparado más sobresaltos y un día más había amanecido en esa parte del Pacífico.

Pero de pronto, poco después de que la luz del día comenzara a iluminar el puente, todas las alarmas del buque empezaron a sonar al mismo tiempo de forma que un ruido ensordecedor invadió todas las estancias del "CSCL Mu Cephei" y, obviamente, toda la tripulación se despertó de golpe asustada y sobresaltada.

Fokke miró rápido hacia el panel del control para

comprobar, con gran sorpresa, que todos los mensajes posibles de alarmas estaban alternándose continuamente. Se señalaban errores en la situación, falta de recepción del GPS, fallos del servomotor del timón, avisos de riesgo de colisión, avisos de varada por falta de calado, alarmas de incendios en todas las estancias del buque,… En fin, puede que algunos de esos errores fueran ciertos, pero Fokke se dio cuenta enseguida de que no eran situaciones de peligro reales, sino que lo mismo que se había adueñado del buque era lo que provocaba que todas las alarmas se hubieran disparado a la vez.

Pero Fokke apenas tuvo tiempo de hablar con sus hombres para intentar organizar de alguna manera el trabajo de comprobar si algunas de las alarmas eran fundadas o no, ya que, por el pánico creado y también por el automatismo en la respuesta ante las alarmas debido a los constantes simulacros de emergencia realizados semanalmente a bordo en todos los buques de la compañía, la mayoría de los tripulantes se apresuró hacia sus puestos habituales para los casos de emergencia.

Y esto, que en un caso real de emergencia en un buque en alta mar serviría para salvar vidas, provocó en esta ocasión el efecto contrario, ya que la tripulación del "CSCL Mu Cephei" se dispersó en grupos pequeños contraviniendo las precauciones de seguridad que ellos mismos habían comprobado que debían seguir escrupulosamente, dadas las circunstancias actuales.

Mientras algunos se dirigieron a la sala de máquinas para comprobar los fallos que aparecían en el panel de control, otros recorrieron diferentes estancias del buque buscando inexistentes incendios. Por supuesto, nadie encontró nada extraño además de lo que ya sabían, pero las alarmas del buque sonaron durante unos cuantos minutos más hasta que enmudecieron todas en el mismo instante de la misma forma que se habían activado.

Después, a la vista de que nada nuevo ocurría en el "CSCL Mu Cephei", todos los tripulantes que habían abandonado el puente regresaron con sus corazones aún desbocados por el susto y por la forma tan brusca de comenzar una nueva jornada.

—¿Habéis descubierto algo? —preguntó Fokke a los primeros hombres en regresar al puente.

—No, nada de nada. Sonaban las alarmas, pero no hay ningún incendio ni nada que se le parezca, —contestó Bill Sttapleton, que había recorrido todas las estancias de la máquina junto a su primero.

Poco a poco, el resto de la tripulación fue llegando al puente e informaron de la misma manera a su capitán.

—¿Y Fialkovsky? ¿Dónde está? —preguntó Sttapleton al ver que faltaba su tercer oficial.

—Y también falta Dekker —exclamó Fokke—. ¿Nadie ha visto dónde se quedaban?

Pero nadie pudo dar ninguna explicación, puesto que en los frenéticos minutos que habían intentado buscar una respuesta a las alarmas, tanto el ucraniano Victor Fialkovsky como el holandés Paul Dekker, los dos terceros oficiales del buque, se habían separado de sus compañeros.

Ambos hombres se habían dirigido hacia la cubierta principal, buscando un inexistente fuego en una de las tomas de corriente previstas para los casi dos mil contenedores refrigerados que podían transportar a bordo. Al llegar allí, enseguida se dieron cuenta de que no seguían más que la llamada de una alarma imaginaria, una trampa tendida para cazar ratones, pues ellos mismos no eran más que indefensos ratones mordisqueando un trozo de queso clavado en el pestillo de una sutil ratonera. Y habían caído en ella.

Allí mismo, bajo una de las altas columnas de

contenedores, envueltos en la niebla perenne que rodeaba con un halo de misterio todo el barco, Dekker fue el primero en detenerse y en avisar a su compañero de que algo raro ocurría. Las luces de los paneles de los refrigeradores de todos los contenedores de esa zona brillaban de un modo extraño. Dekker golpeó mecánicamente el indicador de temperatura del contenedor que tenía más a mano. Todo parecía ir bien, pero sin embargo, algo no le encajaba al oficial holandés.

Fialkovsky miró hacia los contenedores para intentar averiguar qué era lo que Dekker había visto, pero no logró apreciar nada raro, salvo el extraño resplandor de los paneles del sistema de refrigeración. Y entonces ambos hombres gritaron al darse cuenta de que algo imposible estaba sucediendo, pero nadie pudo escuchar sus gritos, ya que ni siquiera les dio tiempo a que salieran de sus paralizadas gargantas, pues al mirar hacia arriba lo último que vieron los dos fue cómo toda la columna entera de contenedores que estaba sobre ellos se estaba desmoronando sobre sus cabezas.

30

De los veintiún hombres perfectamente preparados para el duro trabajo a bordo que habían iniciado el viaje en Hong Kong, nueve de ellos se habían desvanecido de forma misteriosa en la nada en las entrañas del "CSCL Mu Cephei", y ahora doce muñecos de trapo incapaces de hacer algo para salvarse esperaban en el puente de mando un milagro que les alejara a ellos mismos del desconocido y pavoroso final que habían tenido sus compañeros.

Algunos estaban sentados en el suelo del puente con las espaldas apoyadas contra la pared, mientras otros, como el capitán Bernard Fokke, trataban de mantener un cierto control de la situación observando un invisible horizonte eclipsado por la niebla que no se separaba del barco ni un instante.

Extrañamente, y pese a imposibilidad de manipular cualquiera de los aparatos del puente, el buque navegaba impasible a toda máquina siguiendo, en apariencia, el rumbo trazado por los oficiales al comienzo de su viaje hacia los Estados Unidos. Pero para los oficiales del barco era completamente imposible saber si en verdad navegaban al rumbo correcto, puesto que no había forma humana de comprobar la situación por ningún medio. Lo único que podían inferir era que el barco parecía navegar a un rumbo estable y que el timón controlaba la derrota del "CSCL Mu Cephei" tal y como había sido programado.

Pero no podían hacer nada más que esperar y esperar.

Las horas pasaban lentamente y ya era cerca del mediodía cuando algo empezó a ocurrir. Al principio nadie se dio cuenta de ello, pero poco a poco la niebla estaba empezando a disiparse. Andriy Zaichko fue el primero en percibirlo.

—¡Capitán, mire! ¡La niebla se está despejando! —gritó Zaichko buscando a Fokke mientras salía corriendo al alerón para comprobar que, efectivamente, ahora empezaban a distinguir su propia proa, cosa que hasta ese momento no podía hacerse.

Fokke salió también al alerón de estribor seguido de toda la tripulación, que recibió esta buena noticia con esperanza y con gritos de júbilo. Tal vez, fuese lo que fuese lo que tenía secuestrado a su barco, de alguna manera estaba llegando a su fin y con esa esperanza todos se alegraron al sentir los primeros rayos de luz que iban imponiéndose a la niebla.

Unos pocos minutos después ya empezaban a contemplar el cielo azul sobre sus cabezas y cada vez veían una mayor extensión de mar a su alrededor.

Todos se mostraban muy contentos y el ambiente empezaba a relajarse, pero la felicidad les duró muy poco, ya que al llegar la visibilidad a ser de cerca de una milla se quedaron todos horrorizados al ver que directamente por la proa tenían un gigantesco buque que se dirigía a toda máquina hacia ellos a rumbo claro de colisión.

—¡Todo a estribor! —gritó Fokke instintivamente mientras Zaichko corría ya hacia el timón en un intento desesperado de evitar un abordaje que parecía ya inminente. Pero cuando Zaichko accionó el timón del "CSCL Mu Cephei", éste no respondió y el buque siguió su rumbo directo contra el barco que se les echaba encima de forma casi inevitable.

Los siguientes segundos duraron eones para los hombres

que observaban impotentes cómo dos colosos del mar parecían condenados a chocar a toda velocidad en una colisión que podría suponer el final de ambos buques. Frente a ellos cada vez veían con más claridad al otro barco que se les estaba echando encima. Si el oficial de guardia de esa nave no estaba mirando hacia la proa en el momento en el que el "CSCL Mu Cephei" había salido de la niebla, el abordaje entre ambos barcos era casi seguro. Y por ahora, nada parecía presagiar un final feliz a esta angustiosa situación, pues el otro buque seguía su rumbo aparentemente sin inmutarse.

Por suerte para todos, y ya casi en el último instante, el otro barco, un enorme bulk carrier casi tan grande como ellos, empezó a caer a estribor lentamente y con esa maniobra de emergencia ambos buques se cruzaron dejándose un margen de apenas cien metros entre ambos.

Mientras los hombres del puente del "CSCL Mu Cephei" respiraban aliviados por haberse salvado de una colisión que hubiese sido fatal para los dos grandes barcos, Fokke miró al puente del bulk carrier y pudo ver a un oficial que se asomaba al alerón con los prismáticos en la mano y con un semblante en la cara que reflejaba el susto y la sorpresa intentando adivinar de dónde diablos había salido el "CSCL Mu Cephei".

Luego Fokke quiso ver el nombre del barco en el espejo de popa, pero de nuevo la niebla empezó a espesarse tan rápido como se había disipado y ya no tuvo tiempo de nada más. Mientras Fokke trataba de ordenar sus pensamientos, los cuatro tripulantes chinos del "CSCL Mu Cephei" que quedaban a bordo, al ver que la niebla de nuevo les envolvía, comenzaron a gritar hacia donde ya desaparecía el bulk carrier tratando inútilmente de llamar su atención para que les rescatara de la pesadilla que estaban viviendo.

Fokke y Zaichko trataron de calmarlos, pero los chinos,

enloquecidos al ver tan de cerca una mínima posibilidad de salvación y de salir de esa situación tan desesperada en la que estaban, habían perdido el control sobre sí mismos y sin que nadie pudiera evitarlo cogieron los aros salvavidas del alerón y se subieron a la barandilla del puente con la clara intención de arrojarse al mar. Y fue tan repentina e inesperada su reacción, que Fokke y Zaichko solo pudieron retener a uno de sus hombres, al cocinero Chen Peimeng, pero no lograron evitar que otros tres tripulantes desaparecieran ante sus ojos engullidos por la niebla y por la estela de su propio barco. Eran el contramaestre Donald Chan, el engrasador Liang Baojun, y el ayudante del cocinero Zhang Shiwei.

Ahora solo quedaban nueve tripulantes a bordo del "CSCL Mu Cephei".

31

El segundo oficial del bulk carrier japonés "Brasil Maru", Yukio Murakami, se llevó el susto más grande de su larga vida en la mar. Estaban ya cerca de llegar a su destino en Japón y había comenzado su guardia del mediodía sin ninguna novedad. Al entrar al puente había observado un denso banco de niebla por la proa, pero en el radar no había ningún eco en bastantes millas a la redonda, y tampoco su receptor del AIS señalaba ningún barco en las proximidades, así que no tenía por qué preocuparse, pues, además, el banco de niebla no parecía ser demasiado extenso.

El "Brasil Maru" seguía su rumbo a quince nudos de velocidad con la panza llena de casi trescientas mil toneladas de mineral de hierro que tenían como destino Kobe y que eran muy necesarias para un país como Japón, ávido de materias primas para poder construir buques, maquinaria y todo lo que un país puntero en la economía mundial precisa para seguir funcionando.

Murakami entró al cuarto de derrota para comprobar las anotaciones en el diario de navegación cuando empezó a sonar la alarma de riesgo de colisión en el radar anticolisión. "No es posible", pensó, y regresó de nuevo corriendo al puente y vio, horrorizado, un gigantesco buque portacontenedores que se acercaba a toda velocidad directamente por la proa a rumbo claro de colisión. No tuvo tiempo ni de pensar cómo podía haber salido un barco tan grande literalmente de la nada, ya que hasta ese instante el radar no había detectado un eco tan grande y definido como el que aparecía ahora a una distancia de poco más de una milla a una velocidad de veintiséis nudos echándose contra ellos.

Sin siquiera perder tiempo en comprobar cuánto faltaba según el radar para la colisión, ya que vista la situación estaba claro que era cuestión de pocos minutos, el oficial del "Brasil Maru" metió todo el timón a estribor y cruzó los dedos para que esta maniobra de emergencia diera los frutos deseados.

Lentamente el pesado bulk carrier de trescientas mil toneladas y cuatrocientos metros de eslora empezó a caer poco a poco hacia estribor y, a pesar de que el otro buque seguía impertérrito su camino, sus trayectorias empezaron a separarse mientras Murakami no podía hacer otra cosa que contener la respiración, cruzar los dedos y rezar.

Cuando ya vio que, por los pelos, iba a librarse de una colisión entre dos gigantes del océano, Yukio Murakami avisó a su capitán y salió al alerón de babor para tranquilizarse mientras veía que ambos buques se separaban dejándose unos escasos metros de margen.

Para cuando el capitán del "Brasil Maru" llegó al puente, Murakami ya había puesto a su buque de nuevo a su rumbo original y observaba desde el alerón la niebla que se alejaba de ellos dejando una estela gigantesca. Luego miró el radar y comprobó que había desaparecido el eco que un momento antes se veía de forma tan nítida.

Murakami solo le pudo explicar a su capitán que un gigantesco portacontenedores había surgido de repente entre la niebla y había desaparecido de la misma forma que había llegado. Y solo le pudo añadir que cuando se cruzaron ambos barcos había mirado al puente de ese misterioso barco con los prismáticos y no había visto a nadie allí.

Yukio Murakami no creía en leyendas ni en historias fantásticas, pero lo único que se le vino a la cabeza era que se habían topado con el mayor buque fantasma de la historia cruzando sin tripulación el Océano Pacífico.

32

Había pasado casi una hora desde el encuentro con el bulk carrier. Los nueve tripulantes que quedaban a bordo del "CSCL Mu Cephei" no tenían ni idea de qué debían hacer. Estaba claro que no podían hacer nada para actuar sobre la situación que estaban viviendo y parecían resignados a esperar, sin más, a que los acontecimientos se precipitaran por sí mismos.

Pero el tener que estar así, sin hacer nada, no encajaba con la personalidad del capitán Bernard Fokke. Él era un marino con mucha experiencia y sabía que su deber era intentar hacer lo más correcto y conveniente para la seguridad de sus hombres, de su barco y de su cargamento, así que no se veía a sí mismo esperando impasible a que su sentencia de muerte se cumpliera.

Pero la verdad es que no tenía ni la más mínima idea de qué era lo que podía hacer contra lo que fuera que había poseído al "CSCL Mu Cephei". No podían accionar ninguna maquinaria de a bordo, la niebla que continuamente les rodeaba les impedía tomar una situación mediante el Sol o las estrellas, y además, por lo que acababan de ver, en cualquier momento podían estrellarse contra un buque que se cruzara en su camino sin poder evitarlo. Así que Fokke no dejaba de pensar que ningún marino podría hacer frente a esta situación por muchos años de experiencia que tuviera y por muchos conocimientos que atesorara.

Pero algo debían hacer. Lo que fuera, cualquier cosa menos no hacer nada y esperar a que se cerniera sobre ellos el terrible destino que parecía inevitable para todos.

Y así, Fokke concluyó que lo único que estaba en sus manos era enfrentarse a sus temores. Seguramente el final sería el mismo, pero por lo menos lo afrontarían con valor hasta el último momento. Fokke tomó la decisión de dividir a los nueve hombres que quedaban en el barco en dos grupos. Por un lado, en el puente se quedaría él mismo junto al resto de los oficiales de puente, el primero, Anatoliy Mykhaylov, el segundo, Andriy Zaichko y el alumno Vitaly Zhuravsky, todos ucranianos. Por otro lado, bajarían a la máquina bajo las órdenes de Bill Sttapleton el segundo oficial de máquinas, el indio Ajay Devgn, el calderetero Rashmi Uday y el marinero filipino Jayson Cayabyab. Solo el cocinero Chen Peimeng, que aún estaba demasiado abatido por lo ocurrido con sus compañeros al cruzarse con el bulk carrier, se quedó en el puente sentado junto al radar, completamente incapaz de reaccionar.

El objetivo de los dos grupos sería seguir intentando hasta el final retomar el control sobre el barco, si es que se daba la menor oportunidad, y enfrentarse a cualquier cosa extraña que les amenazara. Si alguna misteriosa luz se les acercaba de nuevo, todos habían decidido que lo mejor sería hacerle frente en lugar de intentar huir. No tenían muchas esperanzas de escapar con vida, visto lo ocurrido hasta entonces, pero no estaban dispuestos a dejarse atrapar sin luchar, como si fueran unos asustados conejos en una pequeña madriguera en la que hubiera entrado un hambriento zorro.

Así que Bill Sttapleton con su grupo bajó hasta la sala de máquinas mientras que Bernard Fokke y los ucranianos se instalaron en el puente dispuestos a enfrentarse a cualquier cosa. A partir de entonces habían decidido luchar con todas sus fuerzas por sus vidas y por su dignidad como seres humanos y no esperar temblando a que ese zorro les atrapase.

33

El tiempo pasaba lentamente a bordo del buque para desesperación de toda su tripulación. La niebla había vuelto a ser tan espesa como antes y el "CSCL Mu Cephei" navegaba de nuevo aislado del resto del mundo. Desde el puente ninguno de los tripulantes podía ver ni siquiera la proa de su propio barco, pero estaba claro que más allá de la pared del misterio que era esa niebla el mundo seguía estando allí fuera, a su alrededor.

Desde que sus compañeros se habían arrojado al vacío, el cocinero Chen Peimeng se había quedado sentado en el puente apoyado en el radar sin decir una sola palabra. Su cabeza colgaba cabizbaja y se notaba su total abatimiento pese a los intentos de Fokke y de los demás para animarle a seguir luchando. Peimeng, hasta los sucesos de estos últimos días, era un hombre alegre al que se le notaba que disfrutaba con su trabajo. Aunque era relativamente joven, ya llevaba unos cuantos años como cocinero en la naviera CSCL y a Bernard Fokke siempre le agradaba cuando coincidían juntos en el mismo barco, pues ayudaba a mantener un buen ambiente de trabajo a bordo.

Por eso al verle ahí, tirado como un guiñapo sin ningún ánimo, Fokke trató de animarle.

—Peimeng —le dijo Fokke tras agacharse y ponerse junto a él, —tienes que ser fuerte. Esto no ha terminado, y sea como sea, te prometo que saldremos de ésta.

Pero el cocinero chino no le escuchaba. En su cabeza

solo tenía la imagen de sus compañeros saltando al vacío y desapareciendo en la niebla en el intento desesperado de alcanzar la salvación en el buque con el que casi chocan.

Peimeng solo pensaba en que debía haberles seguido y se lamentaba de que el capitán le hubiera sujetado antes de saltar al mar con sus compatriotas y amigos. No importaba lo que le dijeran para intentar animarle, puesto que él sabía bien que todo estaba perdido, que nada ni nadie les podría ayudar, que ningún tripulante del "CSCL Mu Cephei" volvería a casa con vida por mucho que lucharan para evitarlo.

De su boca solo salía una retahíla de frases en su dialecto chino que ni Fokke ni los demás oficiales podían entender, pero que estaba claro lo que significaban. Chen Peimeng estaba rezando para prepararse para su muerte. El capitán Fokke comprendió que en ese momento no podía hacer nada más por animar al cocinero, así que le dejó solo con sus oraciones para ver si eso le calmaba y volvía a recuperar un poco el ánimo y la esperanza de salvarse.

Fokke se sentó en uno de los puestos del puente junto a Zaichko. No sabía muy bien por dónde empezar, así que simplemente se quedó allí un rato mientras todos trataban de tranquilizarse un poco.

Zaichko volvió al puesto del Control de la navegación e intentó, una vez más, accionar los mandos sin ningún éxito. El primero, Anatoliy Mykhaylov, y el alumno Vitaly Zhuravsky, salieron al alerón de estribor para comprobar por enésima vez que la niebla no se levantaba.

Y mientras todos los oficiales estaban ocupados tratando de hacer algo, el cocinero Peimeng, sin que ninguno de ellos se diera cuenta, se levantó de donde estaba sentado y salió despacio al alerón de babor. Allí, se apoyó en la barandilla junto a la luz roja de babor y dirigió su mirada hacia abajo para ver cómo la superficie del mar iba quedando rápidamente atrás, mientras el casco del "CSCL Mu Cephei" surcaba el agua completamente ajeno a los problemas de los hombres que iban a bordo.

Peimeng quedó hipnotizado con el movimiento rectilíneo y uniforme del casco que se iba abriendo paso por las calmas aguas del Océano Pacífico por el que seguían navegando a toda máquina. Y así, debido a ese hechizo del mar que lo tenía atrapado al igual que los cantos de las sirenas habían atraído hacia una letal trampa a Ulises y a sus hombres en el viaje de regreso a Ítaca, el cocinero chino empezó a ver más allá de la superficie del agua.

Y lo que vio fue algo tan maravilloso para él, que en un comprensible deseo de atraparlo subió lentamente a la barandilla

Peimeng nunca había experimentado nada parecido. Bajo la superficie de la mar se abrió ante él un cielo estrellado como solo recordaba haber visto en su aldea en las montañas donde había crecido. Cientos, miles de estrellas bailaban entre ellas formando constelaciones, algunas conocidas por el chino, pero otras nuevas, que nunca un ser humano había observado jamás. Y el baile no acababa así, ya que en un gigantesco movimiento perfectamente coordinado, las estrellas volvían a moverse para crear formas nuevas, formas que a Peimeng le recordaban pasajes de su niñez y de su juventud. Y así, inmerso en una sensación de profunda paz interior, Peimeng encontró el camino más lógico para él en ese instante, que no fue otro sino adentrarse en ese universo que con tanta claridad se abría bajo el "CSCL Mu Cephei", saltando al fin así al encuentro de sus compañeros.

Unos minutos después, cuando Bernard Fokke intentó localizar a Peimeng en el puente se dio cuenta de que su cocinero había desaparecido como los demás tripulantes, lo que causó un hondo sentimiento de culpa al capitán holandés, pues había perdido a otro de sus hombres incluso estando él mismo a cargo del grupo que había formado en el puente precisamente para evitar esta situación.

Y fue en ese preciso instante cuando se instaló también en la mente de Bernard Fokke la convicción de que, hicieran lo que hicieran, su historia no iba a tener un final feliz, aunque no lo comentó con los demás para intentar mantener, en lo posible, un pequeño atisbo de esperanza.

34

Después del triste incidente con el cocinero, durante el resto de la tarde no pasó nada más. Los ocho hombres que quedaban se mantuvieron alerta vigilando por turnos por si llegaba el momento de actuar, pero las horas transcurrieron lentas y desesperantes para ellos.

El eje de cola del "CSCL Mu Cephei" seguía su imparable trabajo a sus máximas revoluciones haciendo girar su gigantesca hélice que empujaba al buque hacia su destino final, fuera el que fuera. Pero era lo único que parecía funcionar en el buque, porque todo lo demás se mantenía impertérrito sin que la mermada tripulación pudiera hacer nada al respecto.

Empezaba a oscurecer cuando Stappleton y su equipo de la sala de máquinas oyeron un ruido que, casi de forma imperceptible, iba ganado terreno al resto de los sonidos que invadían las entrañas del enorme barco.

Al principio solo fue el marinero Cayabyab quien lo percibió, pero luego los cuatro hombres que vigilaban en la sala de control de la máquina del "CSCL Mu Cephei" empezaron a oír de manera cada vez más evidente que un ruido ajeno a la maquinaria del barco se acercaba más y más hacia ellos.

Era un sonido muy extraño para escucharse en la sala de máquinas de un barco, pues se asemejaba al del viento que cada vez más fuerte agita las ramas de los árboles de un frondoso bosque en una solitaria montaña. Stappleton se dirigió hacia la puerta de la sala de control, la abrió y salió al pasillo que conducía hacia la gigantesca planta propulsora de su buque. Al principio le pareció que dejaba de oír ese sonido misterioso, pues el ruido de la máquina del barco era ya de por sí bastante ensordecedor. Pero enseguida, incluso cerca del enorme motor del "CSCL Mu Cephei", el ruido de ese extraño viento se imponía a cualquier otro ruido producido por la propia maquinaria del barco.

Sttapleton llamó a sus hombres para que intentaran por todos los medios mantenerse juntos pasara lo que pasara a partir de ese instante. Pero lo que hasta entonces era un ruido fuerte pero soportable pasó en pocos minutos a ser tan intenso, mucho más ensordecedor que el de la propia máquina del barco, que ni siquiera gritándose al oído los cuatro tripulantes podían comunicarse entre ellos salvo por señas y gestos.

Del sonido inicial del viento en un bosque, habían pasado al ensordecedor aullido de un huracán pero sin que se notara el más mínimo movimiento del aire en la sala de máquinas. Ni Stappleton ni ninguno de sus hombres sabían qué hacer, pues el ruido no parecía venir de ningún lugar en concreto, sino que era el mismo ruido en cualquiera de los rincones de la sala de máquinas. Pero, tal y como habían planeado con Fokke, Sttapleton decidió no esperar a los acontecimientos y tomó la iniciativa ordenando con gestos decididos a sus hombres para que le siguieran.

Su idea era hacer una ronda por toda la estancia de la sala de máquinas para tratar de encontrar algo que les permitiera poder hacer algo contra lo que pudieran encontrar. Seguramente era un suicidio hacerlo, pero al menos así tenían la sensación de controlar, aunque fuera remotamente, la situación y eso les hacía expulsar el miedo tan profundo que todos sentían.

Al de un rato, y tras haber subido y bajado por las

pasarelas que rodeaban al motor, empezaron a notar algo diferente. El ruido seguía igual de intenso, pero hasta entonces no había ningún otro signo de que algo fuera a ocurrir. Pero poco a poco toda la estancia había empezado a adquirir una tonalidad rojiza que aumentaba por momentos la intensidad. Parecía que se hubieran encendido las luces de emergencia y éstas fueran poco a poco ganando en luminosidad a medida que iban calentándose las bombillas.

Pero no eran las luces de emergencia las que se habían encendido. No. No era una luz que proviniera del "CSCL Mu Cephei" la que estaba iluminando de color rojo la sala de máquinas, sino que era la propia sala de máquinas la que estaba cambiando de color. Por un momento pensaron que el acero del que estaba construida la sala se estuviera volviendo incandescente.

Sttapleton y sus tres hombres se miraron asustados. Por si acaso todos acercaron sus manos a la barandilla para comprobar si se estaba calentando, pero para su tranquilidad no era así y vieron que el tono bermellón que estaba ya dominando toda la sala de máquinas no tenía nada que ver con la temperatura del material.

No sabían muy bien qué hacer. El ruido les impedía hablar entre ellos, así que con gestos se entendieron para bajar hasta la cubierta inferior de la sala de máquinas con la esperanza de hallar el origen de esos hechos tan extraños, como el estruendo y el color rojo de la estancia. Pero no llegaron siquiera a descender un solo piso, pues cuando se acercaron a la escalera, ocurrió algo que les dejó completamente paralizados.

La sala de máquinas, empezando por los mamparos más cercanos a la quilla del "CSCL Mu Cephei", empezó a desaparecer ante sus incrédulos ojos. No daban crédito a lo que veían, pues todo lo que estaba al alcance de su vista se estaba desvaneciendo rápidamente. Incluso podían distinguir el agua del océano bajo lo que hasta ese instante era la maquinaria y el casco de acero del barco.

Los cuatro hombres comenzaron a correr escaleras arriba intentando huir de una situación que les desbordaba. Estaban aterrados, anulados por el pánico. Mientras corrían desesperados, el suelo por el que caminaban desaparecía literalmente de su vista, pero, por extraño que resultara, seguían pisando en firme a cada paso que daban en su carrera por la salvación.

Stappleton llegó el primero a la salida de la sala de máquinas. Abrió la puerta y se giró para azuzar a sus hombres a que se dieran prisa. Pero no sirvió de nada. Ya era demasiado tarde.

A punto de atravesar la puerta que les podría, tal vez, salvar, los tres hombres que corrían con el terror reflejado en sus rostros comenzaron a disolverse a la vez que lo hacía la estancia en la que estaban mientras Stappleton no podía hacer nada por evitarlo. El segundo Ajay Devgn, que era quien más cerca estaba de la puerta, alargó el brazo hacia Stappleton y éste logró darle la mano para ayudarle en los últimos escalones que le faltaban por superar. Pero, al igual que los otros dos compañeros, Ajay Devgn había empezado a disolverse en la nada a pesar de que Stappleton tiraba de él con todas sus fuerzas hasta que no tuvo más remedio que soltarle la mano para no seguir él mismo ese fatal destino. De un salto, Bill Stappleton logró traspasar la puerta y cerrarla saliendo de la sala de máquinas dejando atrás a sus tres compañeros a los que ya no volvería a ver.

Y en el mismo instante que Bill Stappleton salió al pasillo y cerró la puerta tras de sí, el ruido cesó y todo pareció volver a la normalidad.

35

Stappleton se sentó, agotado. Su mirada perdida y su cuerpo abatido reflejaban que había abandonado toda esperanza. Poco después se levantó y se dirigió lentamente al puente para alejarse del escenario del horror que había experimentado.

Cuando llegó arriba, los cuatro hombres que le miraron apenas pudieron reconocerle. Ante ellos no estaba el decidido inglés de rostro impasible que conocían, sino un pobre hombre asustado que apenas podía explicar balbuceando lo que había ocurrido en la sala de máquinas unos minutos antes y por qué llegaba él solo al puente sin los demás compañeros con los que estaba abajo.

—¿Qué ha pasado Bill? ¿Dónde están los demás? —preguntaba Bernard Fokke insistentemente sin obtener respuesta. Stappleton apenas podía respirar debido al terror y a la ansiedad en la que se encontraba. Se había sentado en una de las sillas del puente y trataba de hablar, pero era incapaz de hacerlo.

Pero por fin, poco a poco empezó a recobrar el aliento aunque aparentemente seguía tan afectado que apenas podía decir algo que tuviera sentido para sus compañeros.

—El ruido, el ruido. ¿No habéis oído el ruido? —repetía sin parar.

—¿Qué ruido, Bill? ¿De qué ruido hablas? —le preguntaba Fokke, sin obtener respuesta.

—El ruido, el ruido. Ya no se oye el ruido.

—Sí, Bill. Ya no se oye nada. Cálmate. Ya ha pasado el ruido. Tranquilo, ya estás a salvo.

Stappleton tardó todavía un largo rato en calmarse lo suficiente como para poder explicar lo que había vivido en la sala de máquinas. Pero finalmente lo consiguió.

—No sé qué demonios ha pasado. De repente un ruido ensordecedor invadió toda la sala de máquinas. Era como si hubiese entrado un huracán al barco, pero nada se movía, no había viento, solo oíamos el ruido de un huracán terrible. No podíamos ni oírnos a nosotros mismos. Luego toda la sala comenzó a cambiar de color, se puso rojiza, como si todo estuviera al rojo vivo por el calor, pero no había calor. Y luego,… Luego todo desapareció.

—¿Qué desapareció, Bill?

—La sala de máquinas. El barco. Todo desapareció. Incluso veíamos cómo pasaba el agua del mar bajo nosotros. Aterrados, echamos a correr para tratar de huir de aquello, yo llegué a la puerta primero y cuando quise ayudar a los demás, desaparecieron también delante de mis narices. Yo pude escapar de milagro, y después, al salir de la sala de máquinas y cerrar la puerta ya no se oía nada, todo había cesado, por fin.

Fokke y los demás oficiales intentaron calmar al jefe de máquinas Stappleton que seguía muy excitado por todo lo que había vivido. Ellos no habían sentido nada extraño desde que se habían quedado solos en el puente ni habían oído ningún ruido fuera de lo normal. Fuese lo que fuese lo que había pasado en la sala de máquinas ya había terminado, pero a todos les quedó la sensación de que en cualquier momento podía suceder algo parecido en el puente y sería el final para todos.

36

Muy larga y tensa fue la noche en el puente para los cinco hombres que quedaban de la tripulación inicial del "CSCL Mu Cephei". Apenas habían dormido, pues el más mínimo ruido les hacía pensar en lo peor y sus cuerpos estaban en una constante tensión que les había impedido relajarse.

Ya había amanecido un nuevo día. Era solo el cuarto día del viaje desde que habían salido de Hong Kong, algo que a todos les parecía tan lejano como si hubiese ocurrido en una vida anterior, pues eran tantas las cosas que les habían pasado en cuatro días que para ellos era como si estuvieran viviendo una existencia nueva y ya casi habían olvidado cómo era su vida antes de que todo esto comenzara a bordo de su barco.

Fokke había sido el primero en despertarse, pero no quiso moverse para que sus compañeros pudieran seguir disfrutando del descanso un rato más. Así que tomó de nuevo el libro de las leyendas del mar, que se había traído al puente, y aprovechó ese momento de calma para leer un nuevo capítulo.

El "Carroll A. Deering" era una goleta de cinco palos que encalló cerca del Cabo Hatteras, en Carolina del Norte, en 1921 cuando regresaba de Sudamérica con un cargamento de carbón. La varada fue en el banco de arena de Diamond, un lugar peligroso donde se habían perdido muchos otros buques. El "Carroll A. Deering" estuvo allí encallado varios días hasta que llegó la Guardia Costera, que, para su sorpresa, no encontró a nadie a bordo. El diario de navegación no estaba en el barco, y tampoco estaban las pertenencias de la tripulación ni los botes salvavidas.

Nunca se llegó a saber nada del paradero de la tripulación. Se apuntó la posibilidad de que fuera víctima de contrabandistas o de piratas, o incluso que todo fuera consecuencia de un motín a bordo. Aunque hay quien dice que, como el buque en su viaje desde Sudamérica había atravesado la zona del Triángulo de las Bermudas, se le puede considerar como uno de los primeros casos misteriosos de barcos desaparecidos en esa zona del Atlántico.

Cuando Fokke terminó de leer esa historia se levantó, preparó café para todos y salió al alerón de estribor para tomar un poco el aire mientras bebía una primera taza esa mañana. Enseguida el resto de los hombres se fueron despertando y se reunieron con su capitán y, pese a lo cansados que estaban, no tardaron en disfrutar de un momento de asueto charlando un poco entre ellos con una taza de café en la mano para animarse en el comienzo de una nueva jornada que no sabían lo que les depararía.

La niebla seguía envolviendo al barco y apenas alcanzaban a ver la superficie de la mar que seguía siendo embestida a toda velocidad por el casco del "CSCL Mu Cephei" que no disminuía ni un ápice su frenética carrera hacia no se sabía dónde. Desde que habían iniciado el viaje, la mar se había mantenido casi en completa calma todo el rato y nadie podría notar dentro del "CSCL Mu Cephei" que estaba en un barco en alta mar dado el nulo movimiento que tenía el gigantesco buque.

La primera ola llegó tan de improviso y tan silenciosamente que ninguno de los cinco hombres que estaban en el alerón notó nada hasta que ésta chocó de manera violenta contra el costado del casco del gigantesco buque, que la recibió como si fuese el dique de cemento del rompeolas de un puerto.

Al no haber tenido tiempo para acompasar su movimiento al de la mar, el "CSCL Mu Cephei" recibió el impacto de manera brutal y la gigantesca ola, que tendría más de veinte metros de alto, rompió contra el barco de forma tan salvaje que arrancó como si nada varias filas enteras de los contenedores del costado de estribor. Además, a pesar de que el alerón estaba a casi sesenta metros sobre la superficie de la mar, la ola también alcanzó de lleno a los cinco tripulantes llevándose inmisericorde al primer oficial Anatoliy Mykhaylov y al alumno Vitaly Zhuravsky que desaparecieron en la mar engullidos por el agua que había barrido el alerón.

Por suerte para ellos, Bernard Fokke, Bill Stappleton y Andriy Zaichko pudieron evitar ser arrastrados también por la ola y lograron entrar a tiempo en el puente y cerrar la puerta para protegerse. Su experiencia les decía que en la mar una gran ola nunca viene sola, sino que precede a un tren de olas en las que suelen sobresalir periódicamente tres olas más grandes, conocidas como las tres marías, por lo que atrancaron las puertas del puente y se prepararon para lo peor.

No podían explicarse de dónde había llegado una ola tan grande cuando la mar, hasta ese momento, estaba completamente en calma. Supusieron que era una ola producida por el algún maremoto, un tsunami, aunque también sabían que los maremotos producen ondulaciones en la superficie de la mar que no suponen un peligro para los barcos, y que hasta que no llegan a aguas poco profundas cerca ya de la costa no suelen ser alcanzar alturas tan grandes y fuerzas tan destructivas como la ola que les había chocado de pleno.

Pero daba igual de dónde había llegado la gigantesca ola. Seguramente no tenía nada que ver con ningún fenómeno natural sino que era algo que tenía que estar relacionado de alguna manera con todas las extrañas situaciones que estaban experimentando a bordo.

El "CSCL Mu Cephei", tras el embate de esta primera ola, comenzó a oscilar fuertemente. Poco después llegaron, como se temían, más olas, a cada cual más grande. Parecía que el océano se hubiera empeñado en zarandear al buque más grande del mundo como si fuese una lanchita pequeña en mitad de un fuerte temporal. La aguja que marcaba la escora del barco en la pared del puente alcanzó y superó en varias ocasiones la marca de los cincuenta grados, y resultaba muy difícil mantenerse de pie en el puente sin agarrarse con fuerza a algo.

La situación se estaba poniendo bastante difícil para los tres oficiales del "CSCL Mu Cephei" que luchaban por mantenerse firmes ante los exagerados movimientos del barco. En un temporal duro no sería raro para un barco tener que hacer frente a unas olas tan grandes, pero lo extraño ahora era el periodo que había entre las olas que les estaban azotando sin piedad, ya que eran muy pocos los segundos que pasaban entre una y otra ola, lo que impedía que el barco acompasara con normalidad su oscilación a las olas que le llegaban. Por ello, se enfrentaban a un movimiento caótico y peligroso de la nave y era muy complicado poder mantenerse en pie en el puente.

Todos veían claramente cómo muchos de los contenedores de las filas exteriores de ambos costados estaban cayendo al agua, y si los bandazos del barco se mantenían así por más tiempo, pensaron que no sería raro que el propio "CSCL Mu Cephei" pudiera volcar y hundirse, pese a su gigantesco tamaño.

Bill Stappleton, que aún no estaba recuperado de lo que había vivido la tarde anterior en la sala de máquinas y de una noche sin apenas dormir, gritaba de terror mientras Fokke y Zaichko trataban de calmarle, aunque no parecían surtir ningún efecto sus palabras.

De repente el rostro de Stappleton adoptó una mueca aún más aterradora que la que ya tenía.

—¡Mirad, mirad! —gritó señalando hacia el costado de babor del puente.

Zaichko y Fokke se giraron hacia donde Stappleton señalaba y vieron incrédulos cómo todo el costado de babor del puente estaba disolviéndose en la nada.

Instintivamente, los tres hombres se movieron como pudieron hacia el extremo de estribor del puente, pero entre que apenas podían mantenerse en pie y el miedo paralizante que sentían, solo llegaron a avanzar un par de metros en un intento desesperado de alejarse de la parte del puente que estaba desapareciendo delante de sus narices.

Y mientras gritaban horrorizados, una nueva ola, aún más grande que las anteriores, chocó con tanta violencia contra el costado de estribor del barco que la oscilación que produjo fue mayor incluso que la que estaba sufriendo hasta entonces. Zaichko cayó al suelo y, debido a la inclinación de más de cincuenta grados a babor que tenía el barco en ese momento, se deslizó de manera acelerada por el suelo y al llegar a la parte del puente que había desaparecido, el ucraniano se desvaneció también ante los ojos espantados de Bill Stappleton y de Bernard Fokke, que a duras penas lograron mantenerse agarrados a una de las barras del puente empleando toda la fuerza que podían hacer con sus brazos.

Bill Stappleton no paraba de gritar aterrado. Tenía tan fuertemente asida la barra del puente con sus manos que se le estaban amoratando. Fokke no gritaba, pero en su rostro se veía de forma nítida que el terror le invadía como nunca lo había sentido antes en su larga vida.

Pero en el mismo instante que Zaichko se desvaneció en la nada tras su caída, la mar se calmó tan bruscamente como se había agitado y el puente fue regresando de forma paulatina a la normalidad. Apareció de nuevo ante sus ojos la zona del puente que se había desvanecido y poco a poco la oscilación del barco fue deteniéndose. Y la mar se calmó de tal manera que diríase que nunca hubiese habido una ola en toda la larga historia de la humanidad. Tan rápido fue el paso de un terrible temporal a una mar en calma como una balsa de aceite, que Fokke pensó que detrás tenía que haber algo incomprensible para él capaz de controlar hasta ese punto la situación del buque y de cuanto le rodeaba. Y también le pasó por la cabeza que la repentina calma de la mar se produjo justo al cobrarse una víctima más, como si ese hubiese sido el objetivo único de la misteriosa y devastadora tormenta.

Pocos minutos después, el "CSCL Mu Cephei" ya se había estabilizado del todo y volvía a navegar a toda máquina sobre una mar como un plato. La niebla seguía envolviéndoles, pero Fokke y Stappleton pudieron recobrar algo de calma sentados en el puente con sus espaldas apoyadas contra la pared de estribor mientras iban recuperando un ritmo normal de respiración.

Un poco más tarde, ya más calmados tras la tensión vivida, Fokke se dirigió a Stappleton.

—Bill, ¿estás bien? —dijo con voz entrecortada.

Pero Stappleton apenas podía hablar. Es verdad que parecía algo más relajado, sin embargo el terror que había experimentado desde el suceso de la sala de máquinas y ahora con lo acaecido en el puente le habían dejado completamente exhausto y ni siquiera podía contestar a las preguntas de Fokke.

—Tranquilo, tranquilo —repetía Fokke—, vamos a mi camarote y nos echaremos un momento para descansar.

Tras decir esto, Fokke ayudó a Stappleton a levantarse y ambos hombres fueron al camarote del capitán y se echaron juntos sobre la cama.

—Será mejor que intentes dormir un poco, Bill. Yo vigilaré por si pasa algo. Tú trata de descansar.

Stappleton no se atrevía ni a cerrar los ojos. Era un manojo de nervios y solo pensaba en que si cerraba los ojos desaparecería del mundo como lo habían hecho sus compañeros. Fokke insistió para obligarle a descansar, pero él mismo estaba también tan agotado que al final Bernard Fokke se quedó dormido junto a su jefe de máquinas.

No fueron más que unos minutos los que pasaron hasta que abrió los ojos de nuevo, pero cuando Fokke se despertó comprobó con horror que Stappleton ya no estaba en el camarote. Fokke saltó de la cama y se dirigió al puente para tratar de encontrarle. Nada más entrar vio que todo seguía en calma. Pero Stappleton no se encontraba allí. Fokke se asomó al alerón de babor y cuando ya iba a entrar de nuevo al puente, vio a su jefe de máquinas bajando por las escaleras hacia la cubierta de botes. Fokke le gritó para intentar que se detuviera, pero Stappleton no parecía oírle, así que Fokke empezó a correr escaleras abajo para tratar de saber a dónde se dirigía Stappleton y para ayudar a su amigo y compañero.

Pero no tuvo tiempo de alcanzarlo, pues cuando Fokke aún estaba dos cubiertas por encima, Stappleton se detuvo, se asomó a la barandilla y tras echar una última mirada perdida e inexpresiva hacia Fokke saltó por la borda y desapareció entre la espuma de la estela que el "CSCL Mu Cephei" dejaba tras de sí.

Lo último que pudo ver Bernard Fokke en el rostro de su amigo antes de que saltara fue la imagen de un hombre completamente diferente al que él había conocido. No cabía duda, Stappleton había enloquecido por el miedo y arrojarse a la mar fue la única solución que encontró para huir del horror que había invadido al "CSCL Mu Cephei" en los últimos días.

Y así, Bernard Fokke se convirtió en el último tripulante que quedó con vida a bordo del mayor buque que hubiera surcado los océanos en toda la historia de la humanidad. Casi con ironía pensó que por lo menos había cumplido con la obligación no escrita de ser, como capitán del barco, el último en abandonarlo. Eso, en parte, le reconfortaba, aunque la horrible sensación de culpa al no haber podido salvar a ninguno de sus hombres no le dejaba en paz.

Así que ahora Bernard Fokke estaba solo, más solo de lo que nadie hubiera estado jamás. No era solamente por ser el último hombre que quedaba a bordo, sino porque estaba seguro de que nunca vería a ninguna otra persona viva sobre la Tierra, pues de alguna forma se había convencido de que lo que había pasado con la tripulación del "CSCL Mu Cephei" también iba a ocurrir en cualquier otro lugar del mundo. No sabía cómo había llegado a esa conclusión, pero ahora lo veía claro, como algo que resultaba evidente.

Fokke miró a su alrededor. La niebla parecía ser ahora menos espesa, pero aún no podía ver el Sol. Recorrió el puente y, tras comprobar que todo seguía igual, entró en el cuarto de derrota para coger el Cuaderno de Bitácora. Después se dirigió a su camarote. Quería ordenar sus pensamientos y creyó que lo mejor sería escribir lo que les había ocurrido desde que todo se complicara poco después de comenzar al viaje. Sabía que nadie lo leería nunca, pero al menos así intentaba evitar volverse loco.

Tras escribir unos párrafos, el cansancio se apoderó de su cuerpo y se tumbó en la cama. Pocos minutos después, Bernard Fokke se quedó profundamente dormido.

Y mientras tanto, el "CSCL Mu Cephei" empezó a desperezarse poco a poco.

37

Unas horas más tarde, el capitán holandés del "CSCL Mu Cephei", Bernard Fokke, se despertó. Aún estaba algo cansado, pero al haber dormido algo se sentía mejor, casi tan bien como no lo había estado desde hacía muchos días.

Se levantó y leyó lo que había escrito en el Cuaderno de Bitácora antes de dormirse. Apenas había descrito unos pocos detalles sobre todo lo que habían vivido a bordo desde que salieron de Hong Kong, pero a grandes rasgos había explicado los problemas con los que se habían encontrado y cómo habían ido desapareciendo todos y cada uno de los tripulantes, hasta quedar finalmente él solo después de que Bill Stappleton se arrojara por la borda.

Pensó que más tarde añadiría los datos más concretos que fuera recordando, pero por ahora decidió ir al puente a prepararse un café y a pensar en qué hacer a continuación.

Al abrir la puerta del puente, una intensa luz blanca le deslumbró.

Fokke se quedó sorprendido al ver que el sol del mediodía inundaba toda la estancia, algo que no había visto desde que la niebla les rodeara con su abrazo asfixiante unos días antes. Pero ahora el Sol se veía alto en un cielo completamente azul iluminando al "CSCL Mu Cephei" y a la mar verdosa que, suavemente, lo mecía con ternura.

—¿Ha dormido Ud. bien, capitán?

Fokke se quedó paralizado al escuchar la voz de Zaichko. ¿Cómo era posible?

—Bébase un café, le vendrá bien —le dijo de nuevo la voz del oficial ucraniano.

Cuando hubo adaptado sus ojos al resplandor de la luz de un Sol al que pensaba que no iba a volver a ver, Fokke distinguió la figura esbelta de Zaichko señalando a la cafetera.

Fokke se preparó el café y bebió un sorbo. No entendía muy bien qué era lo que estaba ocurriendo y trataba de encontrar una explicación cuando Zaichko volvió a interrumpir sus pensamientos.

—Todo sigue sin novedad, capitán —le explicó Zaichko—. Han llamado de la máquina hace un momento y me han confirmado que el problema del cuadro eléctrico que detectamos al salir de Hong Kong parece que ya está casi solucionado. Así que no hay nada de qué preocuparse. La proa está clara y hace buen tiempo. Parece que tendremos un inicio de viaje muy tranquilo.

Fokke asintió con un ligero gesto. Estaba tan desconcertado que no sabía ni qué decir. Bebió otro trago del café y miró a la pantalla del control de navegación. Todo parecía funcionar bien. La situación del "CSCL Mu Cephei" aparecía claramente señalada al sudoeste de la isla japonesa de Okinawa y varios ecos del radar y del AIS señalaban la presencia de otros buques en la cercanía.

Luego comprobó los datos del rumbo y velocidad y todo era correcto, incluyendo el rumbo de la aguja que ya no señalaba el 180.

Fokke salió al alerón a tomar el aire. Su rostro agradeció sentir una vez más el calor de los rayos del sol. Todo el horizonte se veía claro en un día radiante de buen tiempo y la brisa oxigenaba su cuerpo y su mente, así que estuvo un buen rato respirando hondo, sintiendo el calor en la cara y bebiendo el café, tratando de pensar y de comprender lo que le estaba ocurriendo.

Más relajado, disfrutó lo que pudo de volver a navegar sin problemas a bordo de su barco por una mar tranquila. En el horizonte veía otras embarcaciones navegando también en esas circunstancias tan benévolas. A la vista tenía más o menos una decena de grandes buques que iban y venían, y también había algún pesquero faenando cerca de la costa. Ninguno representaba un riesgo de colisión y Fokke se entretuvo un rato calculando mentalmente los rumbos de los demás buques para tomar nota por si alguno de esos barcos que veía podría más tarde cruzarse con la trayectoria del "CSCL Mu Cephei".

Pero por ahora no parecía que ningún buque se fuera a cruzar con ellos. La mayoría iba a un rumbo opuesto al suyo, pero con amplio margen de seguridad, y había un par de petroleros y un bulk carrier a los que adelantarían más adelante. Fokke se quedó tranquilo al ver que no había de qué preocuparse por el momento en cuanto a la navegación.

Siguió respirando hondo el aire del mar y terminó de beberse la taza de café que tenía en su mano. Miró al puente y vio cómo Zaichko trabajaba en los instrumentos de navegación sin aparente preocupación. Todo parecía ir bien. Se apoyó de nuevo en el alerón y estuvo un rato más deleitándose en el agradable momento que estaba viviendo.

Pero todo este bienestar pareció hacerle revivir y pensar de nuevo con claridad, pues entonces se dio cuenta de algo que no encajaba bien en todo lo que estaba sucediendo desde que se había despertado y había entrado al puente.

Regresó de nuevo junto a la pantalla del control y comprobó una vez más la situación del barco. Luego miró la hora. El reloj del sistema marcaba las 13:14, pero al mirar la fecha vio que, como esperaba, aparecía el veinticinco de mayo, o sea, el día siguiente al de su salida de Hong Kong, y no el veintiocho de mayo, que era la última fecha que

Fokke había anotado en el Cuaderno de Bitácora. Al darse cuenta de que según el sistema de navegación estaban cerca de la isla de Okinawa lo había sospechado, pues, según sus datos y por lo que recordaba, por ese lugar habían pasado hacía tres días, antes de que todo empezara a ir mal a bordo del "CSCL Mu Cephei".

—Dígame Zaichko. ¿Saben algo del electricista chino? —preguntó Fokke a Zaichko para ver qué contestaba su segundo oficial. Si era verdad que estaban a veinticinco de mayo entonces era la mañana en la que se habían dado cuenta de que Ho Chun Li había desaparecido del buque.

—¿El electricista chino? ¿Chun Li? —respondió Zaichko confundido.

—Sí —dijo Fokke mientras intentaba comprender la reacción del oficial por sus gestos y su tono de voz—. Ho Chun Li, el tripulante que ha desaparecido esta noche.

—¿Cómo que ha desaparecido esta noche? —contestó Zaichko visiblemente sorprendido—. Si antes de subir a la guardia me he cruzado con él en el pasillo. Estaba trabajando en el cuadro eléctrico de las luces de la cubierta de botes y estaba bien.

Fokke no sabía qué era lo que estaba pasando. Al parecer había vuelto al comienzo de la historia, pero ésta no se estaba desarrollando como antes. Todo parecía ahora normal. ¿Lo habría soñado todo? No, pensó Fokke, eso era imposible, pues él mismo había leído al despertarse lo que había escrito en el Cuaderno de Bitácora y allí se hablaba de la desaparición del chino y de todo lo demás que había ocurrido a bordo los últimos días. No, no podía haberlo soñado.

—Perdone Zaichko —dijo con tono de no darle importancia al tema—, lo habré soñado. He dormido muy mal esta noche y he tenido algunas pesadillas, está claro que he soñado lo de Chun Li. No se preocupe. Voy un rato abajo a comer algo y así hablo un rato con Stappleton de temas de trabajo.

Y Fokke salió del puente confuso. ¿Sería cierto que había soñado todo? ¿Estaban realmente navegando en su segundo día del viaje hacia Los Ángeles tras haber salido de Hong Kong el día antes? No. No podía ser. Era tan real el recuerdo que tenía de todo lo que había pasado en los últimos días que no podía ser un sueño, y además, lo había escrito él mismo, era imposible que se hubiera levantado dormido a escribir todo eso en el Cuaderno de Bitácora. No. Algo raro pasaba, y seguro que tenía que ver con los demás sucesos que habían ocurrido.

Al salir del ascensor para dirigirse al comedor de oficiales, se cruzó con Montelibano y Cayabyab, los dos marineros filipinos. Ambos le saludaron como cualquier día normal. Luego Fokke entró en el comedor donde estaban el cocinero chino Chen Peimeng y su ayudante Zhang Shiwei trabajando en la cocina. El cocinero Peimeng le preguntó a Fokke si quería que le preparara algo especial para comer, y éste le dijo que unos huevos con un par de filetes le vendrían muy bien. La verdad es que tenía mucha hambre.

Mientras esperaba a que le sirvieran la comida, Fokke se quedó solo en el comedor, puesto que todo el resto de oficiales del barco ya habían terminado de comer. Le extrañó que Stappleton y algún otro oficial no estuvieran aún allí, ya que no era tan tarde y lo normal era que tuvieran alguna pequeña charla de sobremesa después de haber comido.

Luego Fokke se fijó en el cocinero Peimeng. En un primer vistazo parecía como si realmente estuviera cocinando los huevos y los filetes para su capitán, pero Fokke no tardó en darse cuenta de que en realidad Peimeng solo estaba actuando como si cocinara, pero ni siquiera estaba encendida la cocina ni había sacado los huevos de la despensa.

Fokke se levantó, intrigado, y se dirigió hacia el cocinero chino, que estaba de espaldas a la puerta de la cocina. Así que Fokke pudo acercarse a él sin que éste se diera cuenta de su presencia para ver lo que hacía.

Fokke, ya casi detrás de Peimeng, se quedó un rato observándole. El cocinero hacía todos los gestos que haría para preparar la comida, pero Fokke no entendía lo que pasaba, porque Peimeng ni siquiera tenía la sartén en la mano, aunque los movimientos que hacía eran como si realmente estuviera friendo unos huevos.

Fokke decidió esperar y regresó a la mesa. Poco después Peimeng se acercó a él.

—Espero que esté todo a su gusto. Buen provecho capitán —dijo el cocinero a Fokke con tono amable mientras hacía el gesto de dejar una inexistente bandeja frente a Fokke, que no pudo sino darle las gracias.

Peimeng se volvió a la cocina y Fokke se levantó para ir tras él e intentar aclarar qué era lo que pasaba allí.

—Disculpe Peimeng —dijo Fokke mientras alargaba la mano para golpearle el hombro y llamar así su atención.

Y fue entonces cuando Fokke se quedó, una vez más, sin palabras al ver que su mano atravesaba el cuerpo del cocinero chino como si fuera humo mientras Peimeng avanzaba inmutable hacia la cocina.

Fokke, confundido, intentó tocar de nuevo a su cocinero, pero era como si su mano atravesara la misma niebla que les envolvía.

Después, Bernard Fokke decidió bajar a la sala de máquinas y vio allí a Stappleton con sus oficiales aparentemente trabajando sin problemas. Todos le saludaron como si nada ocurriera, pero cuando se acercó a ellos para darles la mano y comprobar si estaban allí realmente, tampoco pudo tocarles.

Sin embargo, aunque ninguno de ellos pareció actuar de modo anormal al tener allí la presencia de Fokke, ante el hecho de que éste intentara tocarles sin conseguirlo ni siquiera se percataron de que lo había intentado.

Fokke creyó en un primer momento que había enloquecido por los hechos tan extraordinarios que había vivido en los últimos días. Luego pensó que tal vez esto sí que fuera un sueño. Tal vez en realidad aún seguía en su camarote durmiendo después de que Bill Stappleton se hubiera arrojado a las aguas del Océano Pacífico unas horas antes sin que él pudiera haberlo evitado.

Así que Fokke subió de nuevo a su camarote. Al entrar miró a su cama esperando verse allí tumbado. Pero la cama estaba vacía. Luego se dirigió al cuarto de baño para mojarse la cara y ver si estaba despierto o no.

Y fue entonces cuando ocurrió.

Fokke abrió el grifo del lavabo y juntando las manos las llenó de agua fresca y se frotó la cara con energía para intentar despejarse un poco. Luego levantó la vista y al mirar al espejo comprobó que su rostro no se reflejaba en el mismo.

Bernard Fokke lo comprendió enseguida. Él y toda la tripulación del "CSCL Mu Cephei" se habían convertido en una tripulación fantasma en un buque fantasma.

38

Unas horas más tarde, el capitán Bernard Fokke se despertó de nuevo. Aunque aún seguía algo cansado, se sentía bien, tan bien como no lo había estado desde hacía muchos días.

Se levantó y leyó lo que había escrito en el Cuaderno de Bitácora. Luego empezó a darle vueltas al sueño que había tenido, o que había creído tener. Ya no sabía si la tripulación del "CSCL Mu Cephei" estaba muerta, si estaba viva o si ya era, definitivamente, la tripulación fantasma del mayor buque fantasma que hubiera existido nunca.

Se dirigió al lavabo, y esta vez, antes de lavarse la cara, miró al espejo y se vio a sí mismo reflejado en el mismo. Era él, no cabía duda, y pese a sentirse algo mejor, tenía la misma mala cara de los últimos días, un rostro arrugado y afilado debido a la tensión y al cansancio acumulados por todo lo que había vivido en tan pocos días desde que salieron de Hong Kong.

Luego se dirigió al puente y al abrir la puerta comprobó que seguían inmersos en la espesa niebla que los aislaba del mundo real desde hacía unos días. No sabía si alegrarse al comprobar que todo estaba como antes de dormirse o apenarse por no poder ver de nuevo a sus hombres, aunque solo fuesen unos espectros inexistentes.

Por supuesto Zaichko no estaba allí y no le ofreció un café. Ni siquiera estaba allí el fantasma de Zaichko, así que se preparó el café, y mientras lo hacía comprobó, casi de forma rutinaria, que el control de navegación y todos los aparatos del barco seguían sin funcionar.

Ahora lo veía claro. Había soñado con los espíritus de sus hombres y en el sueño se había visto a sí mismo convertido en el fantasma del capitán del "CSCL Mu Cephei". Pero no había sido más que un sueño, aunque en realidad, pensó Fokke, lo que estaba viviendo era una verdadera pesadilla mucho peor que el sueño que había soñado.

Cuando terminó de beberse el café, Fokke decidió dar una vuelta por el barco. No esperaba encontrar nada nuevo, pero no sabía qué hacer, y permanecer allí en el puente esperando a ser tragado por la nada no iba con su carácter, por lo que decidió buscar su destino en vez de esperar a que el destino lo encontrara a él.

Bajó al comedor y aprovechó para comer algo. Luego se dio una vuelta por la sala de oficiales y por la de la tripulación. Después bajó al control de la sala de máquinas y tras recorrer las diferentes estancias subió andando por las escaleras y fue pasando por los camarotes de cada uno de los tripulantes.

No encontró nada raro, salvo que el "CSCL Mu Cephei" estaba completamente vacío, como ya lo sabía muy bien. Solo él seguía a bordo como el último hombre de la tripulación, el último en abandonar el barco. Pero Fokke no pensaba en huir de allí. No estaba tan desesperado como lo había estado Bill Stappleton y ya no temía a la muerte, pues se había cansado de sentir miedo. Si algo pretendía llevarse a Bernard Fokke de allí, Bernard Fokke había decidido no mostrar temor. Lucharía, por supuesto, para seguir en el mundo de los vivos, pero si, como parecía lo más probable, perdía la lucha, se iría de este mundo con honor, con la cabeza bien alta.

Tras la ronda que había efectuado por todas las estancias

habitables del barco, Fokke regresó al puente con algo de comida y de bebida. Decidió instalarse allí, no tanto porque consideraba su deber seguir en el puente hasta el final, sino porque no le parecía lo más práctico el tener que bajar y subir continuamente a la cocina, así que decidió que entre el puente y su camarote transcurrirían la mayor parte de las horas que le quedaban, ya que estaba convencido de que lo que tenía que pasar pasaría en pocas horas y no en unos días. Era lo más lógico a la vista de la rapidez a la que se habían precipitado los acontecimientos.

Pasó un largo rato sin que nada sucediera. Fokke se mantenía relajado, pero la espera estéril empezaba a pasarle factura y ya estaba comenzando a impacientarse. Si tenía que pasar algo deseaba que pasara cuanto antes. Varias veces estuvo a punto de quedarse dormido de nuevo, pero temía que le ocurriera algo mientras dormía y no enterarse de nada. Quería saber, necesitaba saber, qué había al otro lado de la luz, de la niebla, de su mundo. No se conformaba con dormir y no despertar jamás, no quería irse de allí sin más, sin averiguar qué era aquello que se había tragado a su tripulación y se había apoderado de su barco de una manera tan brutal, tan cruel, tan inhumana.

Pero la verdad es que no tenía muchas cosas con las que entretener la espera. No podía ver a través de la niebla, ni podía saber cómo iba la navegación del "CSCL Mu Cephei". Solo veía que el barco seguía a toda máquina hacia su destino.

Se entretuvo en escribir algo más en el Cuaderno de Bitácora. No creía que nadie lo fuera a leer nunca, pero, por si acaso, trató de ser lo más preciso posible, aunque su fatiga y su estado de ánimo influyeron, sin que él se percatara de ello, en lo que estaba escribiendo, por lo que sin pretenderlo había hecho un relato inconexo y lleno de lagunas y frases ininteligibles.

Luego se sentó en uno de los asientos del puente y al ver junto a él el libro de las leyendas del mar lo cogió para leer algo intentando luchar contra el sueño que, de forma evidente, le estaba venciendo.

Fokke empezó a leer el capítulo dedicado a la leyenda de "El holandés errante", seguramente el buque fantasma más famoso de la historia. Este velero del siglo XVII estaba condenado a vagar por toda la eternidad navegando por el océano sin poder tocar nunca ningún puerto. Fokke ya conocía la historia, aunque nunca se había preocupado en conocer con exactitud los detalles que habían supuesto su origen y los motivos que habían convertido a un velero holandés en un buque fantasma surcando los mares por siempre jamás.

Y por ello, cuando leyó el párrafo que explicaba cómo surgió la leyenda de ese velero holandés, dio un respingo en el asiento y su corazón comenzó a latir de forma acelerada. Fokke no daba crédito a lo que había leído, así que lo releyó varias veces más. Y por fin, cuando vio que no era el cansancio el que le hacía leer cosas que no aparecían en el libro, empezó a comprenderlo todo, o a creer que lo comprendía.

No. No había sido una casualidad todo lo que les había ocurrido en el "CSCL Mu Cephei" desde que salieron de Hong Kong unos pocos días atrás. No. Todo estaba relacionado y él había sido, sin quererlo, el nexo de unión con el destino y parte de la culpa de que todos sus hombres hubiesen desaparecido y de que su barco, su magnífico barco, estuviera ahora afrontando su eterno e inevitable futuro de esta forma tan cruel.

Porque el capitán Bernard Fokke, debido al cansancio y al estrés que padecía, no podía sino estar convencido de que lo que acababa de leer, aunque se hubiera escrito muchos años atrás y tratara de una leyenda que databa de hacía tres siglos, era el resumen de la vida que le esperaba a partir de ahora a bordo del "CSCL Mu Cephei".

Pero Fokke no podía ni siquiera imaginar cuán equivocado estaba. No. Lo que estaba pasando en su barco no tenía nada que ver con él. Ni siquiera la causa de los fatales acontecimientos que habían vivido a bordo estaba relacionada con algo de este mundo. No. Lo que había leído no era sino una casualidad, un hecho del azar que había llevado al capitán holandés a creer que todo era en cierta forma culpa suya, algo que estaba fuera de toda lógica, si Fokke hubiera podido pensar racionalmente en esos momentos.

Mas no era así. Fokke no podía meditar con calma sobre nada de lo que estaba pasando, pues los acontecimientos habían desbordado sin remedio la mente de un hombre que en otras circunstancias hubiese sabido llegar a conclusiones acertadas sobre cualquier hecho que se le presentara a bordo.

Así que ahora no podía luchar contra esos extraños y negros pensamientos que le habían invadido, y por todo esto, y aunque intentó vencer a la fatiga y al sueño que le rondaban, poco después de que el anochecer abrazara de nuevo al "CSCL Mu Cephei" con un oscuro manto negro, Bernard Fokke se durmió.

Y aunque él no lo sabía, e incluso aunque él pensaba tras la lectura del libro que la eternidad le esperaba ahí, en el puente de mando de su buque, el día que estaba llegando a su fin iba a ser el último día de su vida en nuestro mundo. Así que Bernard Fokke se durmió pensando en un mañana, en una sucesión sin fin de mañanas, que nunca iban a llegar para él.

39

Era casi medianoche. Su trabajo a bordo del barco que le había acogido en su llegada a la Tierra estaba a punto de terminar, aunque su verdadero trabajo aquí apenas había comenzado. Solo le quedaba un objetivo a eliminar por ahora, y después tan solo debería seguir con su trabajo, su importante trabajo.

Pensó en acabar con su último objetivo del barco de forma rápida mientras estaba allí, tumbado en el sofá del cuarto de derrota, pero quería sentir una vez más la agradable sensación de poder que le habían proporcionado los demás objetivos estos últimos días.

Así que, por última vez, se decidió a jugar un poco más con el ratón antes de cazarlo por fin.

Fokke se despertó de un salto al oír el estruendo de las alarmas sonando otra vez en todas las estancias del "CSCL Mu Cephei". Miró el reloj y vio que faltaban menos de quince minutos para la medianoche. Había dormido algo más de tres horas y esto, junto al ruido ensordecedor de las alarmas, le había despejado casi del todo.

Se levantó y se dirigió al cuadro del control. Sabía que no iba a poder hacer nada con las alarmas, pero no podía evitar tratar de saber por qué sonaban, aunque se imaginaba que no era más que una treta para despistarle. Sí, se sentía como un ratón atraído por un trozo de queso hacia una ratonera, pero casi le daba igual, solo quería que llegara por fin el momento del final, y sabía bien que estaba ya muy cerca. Además, estaba convencido de que ese final que se avecinaba solo era el último párrafo de un capítulo de una novela sin fin, la misma historia que le había ocurrido al capitán de "El holandés errante" y a toda su tripulación.

Y de la misma forma que había comenzado a sonar estrepitosamente, el sonido de las alarmas enmudeció de pronto. Todo parecía seguir sin ninguna novedad. La noche y la niebla seguían allí y el barco mantenía aparentemente su rumbo y velocidad.

Fokke salió al alerón de babor para tomar el aire y para ver si desde allí notaba algo fuera de lo común. Miró hacia la cubierta de la magistral, pero no vio raro, así que se apoyó en la barandilla del alerón y se quedó pensativo mirando hacia la proa, hacia la oscuridad a la que navegaba a toda máquina.

Al principio no lo notó, pero poco a poco comenzó a percatarse de que por la proa la niebla era cada vez menos densa y al cabo de un minuto incluso empezó a distinguir las estrellas en el cielo, aunque solo en esa dirección, ya que a los costados del buque y a popa la niebla seguía tan espesa como antes.

De repente vio directamente que en el punto al que se dirigía a la máxima velocidad, unas olas rompían con estruendo contra unos bajíos. Sí, cada vez lo veía más claro. Incluso en la negra noche, Fokke podía distinguir unas peligrosas olas rompientes hacia las que navegaba sin remisión a toda velocidad anunciando un trágico final para el "CSCL Mu Cephei".

Fokke veía que iba a chocar contra las rocas sin poder hacer nada por evitarlo, y eso más que asustarle le decepcionó bastante, ya que esperaba que su final fuera algo mucho más extraño y rodeado de misterio, como había sido el de sus compañeros de tripulación, y no ahogado al hundirse su barco al chocar contra unos bajos en la mar como en un naufragio corriente.

Pero no fue eso lo que pasó.

El "CSCL Mu Cephei" no llegó a chocar con lo que parecían unas rocas, sino que, cuando estaba a punto de colisionar contra ellas el barco comenzó a iluminarse. Fokke no daba crédito a lo que veía. Todo el barco, sus cuatrocientos sesenta y cinco metros de eslora, resplandecía igual que si estuviera cubierto de millones de bombillas en toda la extensión de su superficie.

Fokke se metió en el puente, pues tanta luz tras tener sus ojos adaptados a la oscuridad le estaba cegando. Luego pasó algo más extraño aún. El barco atravesó las supuestas rocas como si éstas, que tan claramente veía Fokke, no hubiesen existido jamás. Y luego, ante la incredulidad del experimentado capitán, en plena medianoche amaneció delante de sus ojos. Un sol radiante se elevó justo por la proa del "CSCL Mu Cephei" que quedó iluminado con una luz tan intensa y tan clara que Fokke no sabía si era de día o si estaba en el cielo de los muertos.

Fokke no podía dejar de mirar extasiado lo que estaba ocurriendo a su alrededor. Salió de nuevo al alerón y comprobó que aún había más sorpresas para él, puesto que mientras la luz radiante de un día tropical inundaba todo hacia la proa, por la popa su barco seguía inmerso en una negra noche envuelta en la niebla.

Y finalmente ocurrió.

La zona del océano hacia la que se dirigía el "CSCL Mu Cephei" empezó a desvanecerse dando paso a una nada absoluta. Nunca nadie había visto nada tan oscuro como lo que Fokke tenía ante sí a medida que la mar se desvanecía delante de sus incrédulos ojos cansados.

Y cuando la extensión negra como el azabache alcanzó el tamaño adecuado, el "CSCL Mu Cephei" empezó a ser absorbido empezando por la proa, hundiéndose así en la nada como tantos y tantos barcos han desaparecido bajo las aguas de todos los mares del mundo desde que el ser humano empezara a navegar en ellos siglos ha.

Y lo último que vio el capitán Bernard Fokke antes de desaparecer del mundo de los vivos aferrado al puente de su barco fue algo maravilloso pero que no tuvo tiempo de comprender ni de admirar, y por suerte para él no tendría que explicárselo nunca a nadie pues no hubiese sabido cómo hacerlo.

40

John Thomas y su socio Ben Miller trataban de regresar al puerto de Long Beach tras una agitada noche de pesca a bordo de su yate, el "Amber Claire". Ambos se ganaban bien la vida con su bufete de abogados especializado en temas fiscales para empresas en esa zona exclusiva del área de Los Ángeles. Sus clientes ahorraban mucho dinero en impuestos con sus consejos y ellos cobraban bien por su trabajo, así que su vida era del nivel que se les supone a unos buenos abogados de Beverly Hills.

Como a ambos les gustaba salir a navegar y a pescar, habían comprado un bonito y lujoso yate de pesca que compartían entre los dos. Incluso lo habían bautizado con los nombres de sus esposas, ya que ambos matrimonios tenían muy buena relación desde años atrás, casi desde que salieron de la Universidad de California en Los Ángeles. Así que la tarde anterior, como tantas otras veces lo hacían cuando el tiempo era bueno y el trabajo se lo permitía, habían decidido salir juntos para disfrutar del barco y de la mar.

Cuando zarparon de su puerto del Club de Yates de Long Beach el día antes, el tiempo era realmente muy bueno y el pronóstico meteorológico anunciaba buena mar y tiempo apacible por unos días. Y así había sido hasta unas horas antes del amanecer, cuando la mar comenzó a agitarse con unas olas de más de metro y medio y el cielo adquirió un extraño tono oscuro que eclipsaba las estrellas que habían podido ver hasta entonces. Les pareció muy raro este cambio repentino del tiempo, pero no les quedaba más remedio que prepararse para regresar a su puerto cuanto antes.

Para cuando recogieron todos los enseres de pesca y se pusieron en marcha ya casi había amanecido. Navegaban ahora con rumbo directo al puerto, pero las olas les impedían ir lo rápido que les hubiera gustado, puesto que el cariz que estaba tomando el tiempo no presagiaba nada bueno.

—Jodido temporal —refunfuñó John que trataba de mantener un rumbo adecuado a las olas caóticas que les estaban haciendo complicado el regreso a casa—. Los del tiempo no aciertan nunca. Despejado y buena mar, decían todos los partes. Pues ya veo qué buena mar.

Ben le ofreció una taza de café recién hecho.

—Sí que está mal la mar —asintió—. Pero es raro que todos los pronósticos hayan fallado tanto. Ayer por la mañana, antes de ir al puerto me entretuve un rato en ver varios canales de televisión y un par de páginas web y en todos los sitios que miré decían que íbamos a tener un tiempo estable varios días. Es muy raro esto.

Ben echó un vistazo a la pantalla del radar, pero apenas veía nada más que una gran mancha blanca, pues los ecos de las olas llenaban casi toda la pantalla. Así que salió del puente con unos prismáticos para comprobar si había más embarcaciones cerca. Con este cambio de tiempo tan brusco no quería tener un susto con otro barco.

Con calma recorrió todo el horizonte.

—Por suerte no hay barcos cerca —le dijo a John que no podía apartar su vista de las olas que le venían cada vez más seguidas—. Pero por popa hay un banco de niebla que tiene muy mala pinta. Menos mal que no vamos hacia allí.

John trató de mirar hacia atrás para ver esa niebla que le

comentaba Ben, pero solo la pudo ver un poco de refilón ya que estaba concentrado en mirar por dónde podía sortear las olas de la mejor manera posible.

—Está bien, Ben —dijo—. Yo desde aquí no puedo ver mucho, así que estate atento por si acaso. No estaré tranquilo hasta que lleguemos a Long Beach y estemos a resguardo, y a esta velocidad nos quedan unas tres horas largas, por lo menos.

La siguiente media hora transcurrió sin novedad. Las olas seguían igual y John había tenido que reducir un poco más la velocidad para evitar dar muchos pantocazos cuando no le quedaba más remedio que enfrentarse a alguna ola directamente por la proa, que no era la mejor manera de hacerlo.

De repente, Ben le gritó alterado.

—John, mete el timón a babor, esa maldita niebla que he visto antes se nos está echando encima a toda velocidad y no me gusta nada.

—¿Cómo que se nos está echando encima a toda velocidad? —exclamó John extrañado—. ¿Qué quieres decir? Si apenas hay viento.

—Pues eso se lo cuentas a ella. Mira hacia popa y lo verás tú mismo.

Y John al girar la cabeza se encontró, aterrado, con que la niebla estaba alcanzándoles a gran velocidad tal y como le había dicho su amigo Ben. Ahora apenas estaba ya a unos pocos centenares de metros del "Amber Claire". John metió todo el timón a babor para intentar separarse de la trayectoria de esa extraña niebla que corría por la superficie del mar de manera inexplicable.

Pero ya era demasiado tarde para el "Amber Claire" y sus dos tripulantes.

Cuando la niebla estaba a menos de doscientos metros del yate de John Thomas y Ben Miller, ambos se quedaron mirándola paralizados al ver que no podían evitar el que les pasara por encima. Por supuesto eso les había dejado perplejos a ambos, pero lo que sucedió después les dejó aterrados.

A menos de cien metros de ellos la niebla se disipó como por arte de magia y en su lugar apareció un gigantesco barco portacontenedores que parecía un muro de acero enloquecido y dispuesto a aniquilarles sin miramientos. Ni a John ni a Ben les dio tiempo ni tan siquiera a gritar, y mucho menos a lanzar un mensaje de socorro.

A lo único que les dio tiempo antes de ser aplastados como un elefante aplastaría a un insecto que se cruzara en su camino y a hundirse con su barco en las profundas aguas de la costa de California, fue a leer el nombre del barco que los iba a matar.

En la amura de babor de esa inmensa pared de acero que se les echó encima a veintiséis nudos leyeron lo último que sus ojos habían de ver sobre la tierra: "CSCL Mu Cephei".

41

A unas treinta millas al oeste de la isla de Santa Rosa, la segunda en tamaño de la Islas del Canal, frente a la ciudad de Los Ángeles, en la costa de California, el "CSCL Mu Cephei" navegaba a toda máquina dirigido por una fuerza que nadie podía comprender ni controlar. La proa atravesaba las olas de más de dos metros de altura como si fuesen pequeñas ondulaciones producidas por la caída de una piedra en un charco y los rociones de agua que se producían no alcanzaban ni siquiera a la mitad de la altura a la que estaba la cubierta principal.

La niebla que le había acompañado en buena parte de su viaje a través del Océano Pacífico empezó a disiparse tan rápidamente como se había formado a su alrededor unos nueve días antes, lo que permitió al "CSCL Mu Cephei" regresar de nuevo al mundo de los hombres. Claro que esto supuso un problema muy serio para algunos barcos pesqueros que, mientras echaban sus redes, se encontraron de golpe en la trayectoria de un barco cuyo tamaño les convertía a su lado en poco más que pequeñas cáscaras de nuez y que a punto estuvo de hundir a unos cuantos sin miramiento hasta el fondo del océano.

El aviso a los guardacostas del US Coast Guard no tardó en llegar desde numerosas embarcaciones que reportaban la aparición repentina del mayor barco del mundo donde antes no había más que agua y un banco de niebla cerrada. Y en todos los receptores de AIS de los barcos de la zona apareció de pronto la señal del "CSCL Mu Cephei", una señal que había enmudecido hacía casi una semana cerca de Japón. Desde que su señal se apagó, se había puesto en marcha un gigantesco operativo de búsqueda y rescate por aire y por mar como nunca antes se había visto en esa zona del mundo. Pero, aparte de unos cuantos contenedores a la deriva, la búsqueda que aún se mantenía activada al otro lado del Océano Pacífico, a miles de millas de donde ahora había hecho su reentrada en el mundo el barco más famoso de los últimos meses, no había obtenido ningún resultado positivo.

La primera embarcación del US Coast Guard que se acercó a la zona donde apareció el "CSCL Mu Cephei" fue la patrullera "Bertholf", perteneciente al sector de Los Ángeles-Long Beach, al mando del capitán Mark Hamilton.

Una vez que logró acercarse al gigantesco portacontenedores, el capitán Hamilton intentó repetidamente contactar por el canal 16 del VHF, el utilizado habitualmente en la mar para la escucha permanente de mensajes de emergencia, con el gran buque pero no obtuvo ninguna respuesta. El mismo éxito tuvo cualquier otro intento de establecer una conexión por los demás medios radioelectrónicos habituales. Incluso cuando ya estuvieron a una distancia adecuada desde el "Bertholf" se utilizó la lámpara Aldis, un proyector de señales luminosas, y se emitió un mensaje en morse, pensando que tal vez no funcionara ningún equipo electrónico del "CSCL Mu Cephei". Pero si algún oficial del portacontenedores había visto la señal o había oído las llamadas que le hacían, desde luego no había contestado.

El capitán Hamilton no dejaba de mirar con los prismáticos hacia el puente del "CSCL Mu Cephei", pero no logró ver a nadie a bordo, lo que era realmente raro, ya que estaban a plena luz del día, la visibilidad era buena y a la distancia a la que se encontraban ambas embarcaciones se podían distinguir con los prismáticos bastantes detalles del "CSCL Mu Cephei", con lo que de haber alguien en el puente Hamilton tenía que haberle visto sin ninguna duda.

A simple vista el "CSCL Mu Cephei" navegaba a toda máquina hacia la costa de California aparentemente sin nadie en el puente de mando. Era imposible saber lo que le había pasado en los días que había estado desaparecido de la faz de la tierra y además, salvo algunas filas de contenedores abollados que colgaban a su costado y que hablaban claramente de un gran temporal, no parecía sufrir daños visibles en el caso o en la estructura del puente.

Hamilton analizó la situación y pensó en solicitar la presencia de un par de remolcadores del puerto de Los Ángeles para intentar hacerse con el control del gigantesco buque.

Pero el "CSCL Mu Cephei" no era un barco que pudiera ser detenido fácilmente haciendo firme un par de remolques sin más. No. A esa velocidad y con el tamaño del enorme barco, incluso a media carga como estaba, sería una operación muy compleja el poder hacer que se detuviera antes de estrellarse contra las rocas en alguna parte de la costa cercana a Los Ángeles, que era hacia donde se dirigía con el rumbo actual que llevaba.

Vista la situación, el capitán Hamilton solicitó refuerzos de la Armada para que algunos de los mayores remolcadores de altura que tenían interceptaran la derrota que estaba realizando el "CSCL Mu Cephei". Asimismo, lanzó un aviso a los navegantes para que todos los barcos que navegaban o pescaban en la zona entre donde estaban y el área del puerto de Los Ángeles se alejaran lo antes posible de la derrota del gigantesco buque para evitar cualquier colisión.

Después, el "Bertholf" maniobró hasta ponerse al

costado de babor del "CSCL Mu Cephei" y adaptó su velocidad para navegar paralelo a él. La operación era bastante peligrosa, ya que el oleaje era pequeño para el "CSCL Mu Cephei", pero provocaba en el "Bertholf" unas cabezadas muy considerables. Sin embargo, en menos de una hora la tripulación del "Bertholf" había logrado echar un cabo desde su cubierta a la cubierta del gigantesco portacontenedores, y dos hombres del US Coast Guard, el suboficial Philips y el marinero Johnson, lograron por fin subir a la cubierta de botes del "CSCL Mu Cephei".

Una vez a bordo, rápidamente se dirigieron a las escaleras y subieron con decisión para llegar cuanto antes al puente. Si no había nadie a bordo, o si toda la tripulación estaba incapacitada por algún motivo que nadie podía ni imaginar, lo principal era llegar al puente para poder controlar la nave y detener su alocada marcha.

Unos minutos después, el capitán Hamilton recibió una llamada del suboficial Philips por la radio.

—Capitán, ya estamos en el puente.

—Muy bien. Infórmeme. ¿Qué es lo que han encontrado?

—Lo que nos temíamos. No hay nadie en el puente, y tampoco hemos visto señales de vida en el resto del barco por lo poco que hemos podido ver por ahora.

—Bien. Primero vamos a intentar controlar el buque. Luego ya buscarán con más calma para ver si hay alguien a bordo. Puede que estén todos enfermos o algo así.

El capitán Hamilton ordenó sus pensamientos y trató de hacer un rápido esquema mental sobre qué pasos debían dar y en qué orden hacerlos.

—Lo primero que hay que hacer —dijo Hamilton—, es detener al "CSCL Mu Cephei". Un barco tan grande sin control y a esa velocidad es un peligro para la navegación. Pongan el telégrafo en "Todo atrás" para intentar una parada de emergencia y esperemos que funcione y el barco se detenga cuanto antes.

Philips accionó la palanca del telégrafo del "CSCL Mu Cephei", esperó un momento y no notó nada.

—Señor, ya he accionado el telégrafo, pero no parece que la máquina se detenga. El motor sigue a las mismas revoluciones y no se nota nada desde aquí arriba.

Hamilton torció levemente el labio inferior. Era una contrariedad, pero por algún motivo casi esperaba que hubiera ocurrido algo así.

—Bien —dijo manteniendo la calma—. Intente poner el timón en modo manual y trate de meter veinte grados a estribor, a ver si responde.

—De acuerdo capitán.

Philips accionó el botón del piloto manual. Pero la luz del panel siguió señalando que era el piloto automático el que estaba seleccionado.

—Nada capitán. No se puede controlar manualmente el timón.

—De acuerdo, pues seleccione en el panel el rumbo 140. Veamos si el piloto automático corrige el rumbo.

El suboficial del "Bertholf" intentó introducir el rumbo 140. Pero en el panel de control el rumbo no se inmutó y siguió marcando el 120, que era el que llevaba el "CSCL Mu Cephei" desde que lo habían detectado unas horas antes.

—No se puede, capitán Hamilton. Imposible. No hay nada que hacer. Por lo que veo todos los sistemas de control del buque están de alguna manera inutilizados para poder accionarlos desde el puente. Será mejor que diga a algunos de nuestros hombres de la máquina que suban a bordo para intentar parar la máquina desde abajo.

—Está bien —contestó Hamilton—. Ahora hablaré con el jefe de máquinas. Mientras tanto mire por el puente y en el cuarto de derrota para ver si encuentra alguna pista de lo que haya podido pasar a bordo. Busque el Cuaderno de Bitácora. Y dígale a Johnson que baje a la cubierta para que ayude desde allí a colocar una escala para poder subir y bajar con facilidad del "CSCL Mu Cephei".

Mientras Johnson bajaba a la cubierta del "CSCL Mu Cephei" para cumplir las órdenes que le habían dado, Philips rebuscó por el puente y por el cuarto de derrota. Tardó poco en encontrar el Cuaderno de Bitácora y rápidamente empezó a ojearlo desde la última entrada para tratar de saber qué podía haber pasado durante los días que había estado desaparecido este barco de manera tan extraña.

Lo estuvo leyendo durante unos minutos y después llamó a su capitán de nuevo.

—Capitán Hamilton.

—Sí, Philips. Dígame. ¿Ha podido encontrar algo que nos sirva?

—No estoy seguro, señor. Las páginas correspondientes a los primeros días del viaje están escritas de manera formal, como si todo fuera correcto. Por lo que he leído un poco por encima, en esos primeros días ya hay anotadas algunas extrañas desapariciones de tripulantes y alguna avería inesperada en algunos de los aparatos del puente. Lo que es raro en un barco tan moderno y recién construido.

—¿Cómo dice? Repita por favor.

—Sí, lo ha oído bien. Desde los primeros días hubo algunos tripulantes que desaparecieron y hay anotadas extrañas averías a bordo. Qué raro, ¿no?

—Sí, es muy extraño. Eche un vistazo a las últimas páginas y dígame qué es lo último que está anotado.

—Es de hace seis días. El capitán del "CSCL Mu Cephei", que se llama Bernard Fokke, escribe algunas cosas que no parecen tener mucho sentido.

—¿Qué cosas, por ejemplo? —preguntó Hamilton

intrigado.

—Aquí pone que ya solo queda él a bordo. Dice algo de una luz y que Bill Stappleton, su jefe de máquinas, le ha abandonado arrojándose por la borda desesperado. La verdad es que todo lo que está anotado aquí es muy difícil de entender. Hay muchas cosas escritas de forma inconexa y que no tienen mucho sentido. Supongo que no sería fácil escribir sobre cosas tan extrañas.

—Oiga, Philips, —le interrumpió Hamilton—. ¿Cómo ha dicho que se llamaba el capitán del "CSCL Mu Cephei"?

—Bernard Fokke, es lo que pone en la firma.

—¿Bernard Fokke? Me suena mucho ese nombre, pero no sé de qué. Está bien. Siga buscando a ver si encuentra algo más y me mantiene informado.

El capitán Hamilton se quedó un rato pensativo. Sabía que el nombre de Bernard Fokke le sonaba mucho. Tal vez era porque lo había leído en la prensa cuando salió la noticia de la desaparición del "CSCL Mu Cephei", unos días atrás. Pero dudaba de que fuera por eso, ya que no había seguido apenas la noticia y no recordaba que se hubiera dado el dato del nombre del capitán en ninguna de las noticias que leyó en la prensa o vio en televisión.

El capitán Hamilton se quedó mirando la estantería con los libros que tenían a bordo en el puente, sobre la mesa de las cartas de navegación. Y entonces recordó que unas pocas semanas antes había estado leyendo un libro de relatos sobre las leyendas marinas más conocidas sobre buques fantasmas y desapariciones misteriosas de barcos. Tomó el libro en sus manos y empezó a ojearlo para ver si así recordaba de qué le sonaba tanto el nombre del capitán Bernard Fokke.

Y entonces sus ojos se detuvieron en el capítulo sobre las leyendas más famosas de los barcos fantasmas. En uno de los párrafos se hablaba de "El holandés errante", y leyó con atención lo siguiente:

"'El holandés errante' es un famoso barco fantasma que, según cuenta la leyenda, no puede volver nunca a ningún puerto y está condenado a vagar eternamente navegando sin descanso a través de los océanos del mundo. El origen de la historia es confuso, pero una de las explicaciones más extendidas es que el capitán de un barco holandés, llamado Willem van der Decken, hizo un pacto con el diablo para poder surcar los mares siempre a toda vela y a toda velocidad a pesar de las inclemencias del tiempo y de la mar que se pudiera encontrar en sus viajes. Pero Dios, al enterarse de este pacto diabólico, condenó a este capitán a vagar por toda la eternidad sin poder regresar nunca más a tierra.

Según se cuenta, el verdadero capitán que sirvió de modelo para esta famosa historia del mar, fue Bernard Fokke, un capitán holandés del siglo XVII que se hizo muy famoso en su época porque siempre lograba obtener una gran velocidad en su barco en sus viajes entre Holanda y Java, y del que se corrió el rumor por los puertos europeos de que tenía un pacto con el diablo para poder navegar siempre a tanta velocidad."

Mientras el suboficial Philips se había quedado en el puente del "CSCL Mu Cephei" intentando averiguar qué es lo que podía haber pasado a bordo de este buque, el marinero Johnson bajó hacia la cubierta para ayudar a sus compañeros a instalar una escala. De esa forma sería mucho más sencillo abordar el "CSCL Mu Cephei" desde el "Bertholf" hasta que pudieran controlar por fin al gigantesco portacontenedores que amenazaba con estrellarse contra la costa de California.

Si no pudieran detenerlo a tiempo, además de los daños en la costa que serían más o menos grandes según en qué punto exacto chocara, estaba el siempre delicado tema de la contaminación. Por suerte, al transportar contenedores, la mayor amenaza era la del propio combustible del barco, que siempre tendría muchas menos consecuencias que si el "CSCL Mu Cephei" hubiese sido un barco de transporte de productos químicos o un buque tanque cargado de petróleo u otros productos derivados muy contaminantes.

Pero Johnson tampoco se paró mucho a pensar en ello. Tenía que darse prisa en llegar a la cubierta, ya que el "Bertholf" tampoco podía maniobrar con facilidad junto al "CSCL Mu Cephei" debido al oleaje y cuanto antes pudieran colocar la escala, antes podrían subir sus compañeros para intentar parar las máquinas y tener la situación bajo control.

Pero Johnson nunca llegó a pisar de nuevo la cubierta del "CSCL Mu Cephei".

Mientras descendía dando grandes saltos por las escaleras, algo inesperado se interpuso en su camino. Junto a uno de los accesos al interior del barco, algo extraño y fuera de lugar llamó poderosamente su atención. Se acercó a la puerta y ésta comenzó a ondularse como si estuviera hecha de goma y no de acero. Johnson, intrigado, trató de abrir la puerta, y en el mismo instante que su mano acarició la manilla, la puerta desapareció y lo último que pudo ver Johnson antes de desaparecer él mismo tras ella fue una luz que giraba y giraba hacia un agujero en el aire cuyo fondo parecía seguir hasta el infinito. Pero aunque Johnson cayó por el insondable agujero, no llegaría a explorarlo más allá de unos pocos segundos antes de abandonar su existencia humana.

Por su parte, el suboficial Philips seguía en el cuarto de derrota tratando de entender qué era lo que estaba leyendo en el Cuaderno de Bitácora. Al comienzo del viaje del

"CSCL Mu Cephei" desde Hong Kong hacia Los Ángeles, las entradas en el cuaderno eran más o menos las que se podían esperar en un viaje normal.

Pero enseguida los acontecimientos que habían ocurrido a bordo se precipitaban. Averías incomprensibles, desapariciones de tripulantes,… Philips no podía creer lo que estaba leyendo, pero dadas las circunstancias estaba claro que cualquier cosa, por muy inverosímil que pareciera, podía haber ocurrido en el "CSCL Mu Cephei".

El capitán Fokke era el último tripulante que había sobrevivido, por lo que Philips entendió de lo que estaba leyendo, pero no estaba claro si había perdido el juicio antes de desaparecer del barco. Por lo visto, el jefe de máquinas se había quitado la vida arrojándose al agua y esto hacía pensar a Philips que una especie de locura colectiva había invadido a la tripulación del "CSCL Mu Cephei", por lo menos en los últimos días en los que había anotaciones en el Cuaderno de Bitácora.

Pero todo lo que había ocurrido en el barco no se podía explicar tan solo por los posibles trastornos psicológicos de la tripulación. Estaba el tema de las averías en los aparatos y lo de la densa niebla de la que había salido misteriosamente el barco cerca de las costas de los Estados Unidos después de haber desaparecido no muy lejos de Japón unos días antes. Y también estaban las evidentes muestras de un fuerte temporal por los daños en muchos de los contenedores de las filas de los costados del buque.

Estaba claro que la investigación de este gran misterio iba a llevar mucho tiempo a los encargados de hacerla, pensó Philips, y dejó el Cuaderno de Bitácora sobre la mesa y echó un nuevo vistazo al puente en un intento de encontrar más pistas sobre lo que quiera que había pasado allí.

Y entonces lo vio. Y el suboficial Philips se quedó

horrorizado al verlo.

No podía comprender cómo ni por qué, pero el suelo del puente sobre el que estaba empezó a desvanecerse en la nada ante sus propios ojos. Y sin embargo todo lo demás seguía en su sitio, inmutable. Bajo las estructuras que sujetaban todos los aparatos de navegación, como el control del sistema de navegación, el radar o los instrumentos de comunicaciones, el suelo se iba diluyendo bajo un paralizado suboficial Philips que no sabía qué hacer, pero, por suerte para él, nada caía al vacío misterioso que se estaba abriendo bajo sus pies.

Philips, instintivamente se agarró a donde pudo, pero enseguida se dio cuenta de que era inútil asirse, ya que no iba a caer a ese abismo sobre el que estaba. Se soltó y comenzó a caminar de forma vacilante sobre la nada que sujetaba sus pies milagrosamente. Y la impresión de pánico que le había asaltado en un principio dejó paso a una extraña sensación de profunda calma e inmenso bienestar. Ahora todo lo que le rodeaba parecía fluir hacia una paz interior que le embargaba todo su ser hasta el último de sus poros, una felicidad tan extraordinaria como no había experimentado nunca antes. Ya no sentía el más mínimo temor a nada. Ya no dudaba de cuál era el siguiente paso que debía, que quería dar. Todo lo que se abría ahora a sus pies le atraía irremediablemente y le llamaba de una forma tal que no quería resistirse. Lo tenía claro. Solo tenía que dejarse arrastrar sin resistirse y permitir que su cuerpo atravesara esa puerta que se abría ante él hacia una dimensión tan fantástica como desconocida.

Entonces, en un instante de lucidez, recordó de nuevo quién era él y en dónde estaba. Se acordó del "CSCL Mu Cephei" y de que era un miembro de la oficialidad del US Coast Guard destinado en el "Bertholf" y se acordó de que había subido al puente de esta nave para intentar retomar el control de un barco sin control. Se acordó de que su deber era el de informar a su capitán de lo que había visto allí, pero no sabía cómo hacerlo, pues ni él mismo comprendía qué era lo que estaba viendo, lo que estaba experimentando, aunque sí se daba cuenta de que era maravilloso. Solo sabía que algo que estaba más allá de la comprensión humana le atraía hacia lo desconocido y que su único deseo era dirigirse hacia allí, fuera lo que fuera lo que encontrara.

Así que Philips cogió su radio una vez más. Pulso el botón para establecer comunicación y llamó al capitán Hamilton. Y cuando éste contestó a su llamada, Philips pronunció sus últimas palabras antes de disolverse en la nada.

Después de leer varias veces el párrafo sobre la leyenda de "El holandés errante", el capitán Hamilton se sobresaltó. No sabía muy bien si era una simple casualidad el que el capitán del "CSCL Mu Cephei" se llamara igual que el viejo capitán holandés que había dado origen a una de las historias más famosas de buques fantasmas de todos los mares del mundo, pero, desde luego, todo lo que estaba pasando con este barco era de lo más extraño que había visto jamás.

Y justo en ese instante, mientras trataba de comprender lo incomprensible, recibió una última llamada de su suboficial Philips. Una llamada que el capitán Hamilton nunca podría haber olvidado de haber vivido mucho más tiempo.

—Capitán Hamilton, esto es tan raro,… tan maravilloso. Creo que he de irme. No,… espere. No…

Y la radio de Hamilton enmudeció para siempre.

42

Tras toda una eternidad atravesando un negro túnel que era, estaba claro, la materialización de la nada, el que fuera en un era anterior el capitán del "CSCL Mu Cephei", Bernard Fokke, se detuvo por fin después de haber traspasado una dimensión desconocida por la humanidad.

Tanto el tiempo como el espacio parecían no tener sentido ahora. Incluso la parte material de su ser ya no estaba con él, aunque en su pensamiento tenía aún muy claro quién había sido antes y qué es lo que le había conducido hasta donde quisiera que estuviese ahora.

Miró hacia el lugar donde debían de estar sus brazos y sus piernas, pero solo alcanzaba a adivinar una sutil vibración, algo así como una anomalía en el espacio que se asemejaba a lo que podría describirse como una carga electrostática y que, con algo de imaginación, le mostraba lo que antes había sido su cuerpo material.

Pero, aparte de esa leve anomalía no parecía haber nada más a su alrededor. Nada. Una infinita negrura se extendía hacia todos los lados y él, o lo que quedaba de él, flotaba en el vacío como una partícula atómica flota en el espacio intergaláctico de lo que él conocía como universo.

Y de la misma manera que no podía calcular cuánto tiempo había transcurrido desde que el "CSCL Mu Cephei" se había internado en ese negro vacío, comprendió que carecía de sentido preguntarse cuánto tiempo iba a permanecer así, pues ahora mismo él era una parte más de la nada, del infinito, de la eternidad.

Después se puso a pensar, puesto que eso era al parecer lo único que podía hacer, y se preguntó si sus anteriores compañeros de tripulación estarían de algún modo en ese mismo espacio vacío. Tal vez cada uno de ellos había seguido un camino diferente y se encontraban en otros universos ajenos a éste que lo envolvía. O eran parte también de este mismo universo, pero tan lejos de donde él se encontraba ahora que era imposible que se reunieran jamás durante el resto de la eternidad.

Pasó un tiempo. No sabía bien si habían sido unos minutos o unos milenios cuando algo empezó levemente a cambiar en el entorno que le rodeaba.

Otra sutil vibración, otra anomalía en el espacio, fue poco a poco tomando forma frente a él. Desde luego, no podía calcular en modo alguno si lo que se estaba formando y que aparecía cada vez más nítidamente en su campo visual era algo pequeño que estaba cerca, o si era algo inconmensurable que estaba surgiendo a millones de kilómetros de donde él se encontraba.

Pero poco a poco la imagen que se estaba creando le iba siendo cada vez más familiar a medida que se materializaba frente a él. De todas formas, tardó un rato largo en reconocerla del todo, pero cuando lo hizo no le quedó la más mínima duda. Lo que había surgido de la nada era su barco, el "CSCL Mu Cephei", flotando en la negrura de ese espacio que ahora los acogía.

Sin saber cómo, lo que antes había sido Bernard Fokke se iba acercando más y más a lo que antes había sido su magnífico y gigantesco buque, y en lo que a él le pareció poco tiempo, se encontró una vez más en el puente de mando de su nave.

Desde luego no era el verdadero "CSCL Mu Cephei". No era algo material, tangible. Pero la vibración en la negrura del espacio había formado una reproducción muy detallada de lo que en otro tiempo y otro universo había sido el mayor buque del mundo en la historia de la humanidad.

Fokke, o lo que antes era Fokke, casi podía acariciar sus instrumentos de navegación. Luego, tras una detenida inspección del puente, se dirigió, más por curiosidad que por otra cosa, hacia lo que antes había sido su camarote.

Y lo que encontró allí quien antes había sido Bernard Fokke era algo que ni en toda una eternidad podría haber imaginado que vería.

En su camarote, sentado en su mesa de trabajo y leyendo el libro sobre las leyendas de los mares, estaba el fantasma de Bernard Fokke. Su propio fantasma.

—¿Quién eres? —no sabía cómo, pero de la anomalía en el espacio que asemejaba el cuerpo de quien antes había sido el capitán Bernard Fokke salió una voz que expresó su pensamiento. No es que la pudiera oír, pero estaba claro que esa voz, si es que era una voz, salía de sí mismo.

Entonces, el fantasma, su fantasma, dejó con suavidad el libro sobre la mesa, giró la cabeza y le dirigió una mirada extraña, una mirada vacía, inexpresiva.

—Esa pregunta carece de sentido —fue lo único que dijo sin mover sus labios en ningún momento—. Para poder ser alguien hace falta que exista un presente —explicó con parsimonia.

Y así, lo que antes era Bernard Fokke se quedó meditando un rato hasta que lo comprendió. Entonces formuló la pregunta de otra forma.

—¿Quién eras? —dijo ahora, sabedor de que había dado con la pregunta correcta.

—Yo era lo que antes eras tú —contestó la mente que hablaba a través del fantasma de Bernard Fokke sin articular palabra alguna.

Y lo que antes era el capitán Fokke asintió, pues se esperaba esa respuesta. Pero el fantasma de Fokke siguió hablando.

—Y también era lo que antes fueron todos los que aquí hallé. Y también era lo que antes fueron los demás seres que he ido encontrando en mi largo viaje en miles de mundos de todo el universo. Yo fui todos ellos, porque todos están ahora en mí.

Después, quien antes fuera Bernard Fokke pensó que había algo que quería preguntar. Lo necesitaba.

—¿Por qué? —fue la siguiente pregunta que planteó. Desde que habían empezado los problemas a bordo del "CSCL Mu Cephei", la pregunta que le corroía todo el tiempo, además de qué era lo que pasaba, era la de saber por qué les estaba pasando todo aquello que les sucedió. Necesitaba saberlo, necesitaba calmar su ansia de comprenderlo todo.

—¿Por qué? —repitió de forma mecánica la pregunta el fantasma de Bernard Fokke—. No lo sé. No era nada personal. Yo solo hacía mi trabajo. Yo solo era la pieza que debía mover las fichas. Pero nunca decidí qué jugada era la que debía hacer. No era ésa mi labor. Nunca supe realmente cuál era la causa última de mis actos. Solo seguí las instrucciones que me dieron mucho tiempo antes los seres que me crearon. Lo que hice solamente era lo que tenía que hacer. ¿Por qué? No me interesaba saberlo. No me correspondía preguntarlo.

Lo que antes era Fokke asintió con resignación. Estaba claro que no iba a obtener las respuestas que necesitaba.

—¿Y dónde estamos? ¿Qué es este lugar? —se atrevió a preguntar de nuevo.

—Estamos donde tú quieras que estemos. Estamos en el "CSCL Mu Cephei" si quieres, y no estamos si tú no lo quieres. En realidad no existimos. Solo somos la sombra de lo que fuimos que quedó impresa en el aire tras desaparecer la última luz al traspasar la dimensión en la que tú existías antes.

Después de esta conversación, quien fuera Bernard Fokke enmudeció. No veía sentido a esa conversación, así que se quedó allí, simplemente contemplando a su fantasma mientras éste seguía sentado en la mesa del despacho de su camarote. Permaneció allí pensativo, hasta que la anomalía en el espacio empezó a disiparse de la misma forma que había aparecido, y para cuando se dio cuenta la imagen del "CSCL Mu Cephei" había desaparecido.

De nuevo estaba allí él solo, en medio de la nada. Y un único y aterrador pensamiento le invadió. Un pensamiento con el que se quedaría para el resto de la eternidad. Todo esto que ahora le ocurría tenía un nombre que el ser humano le había dado hacía miles de años, cuando tomó conciencia de su lugar en la Tierra y descubrió por un lado la fragilidad de su existencia como individuo pero comprendió por otro lado la inmensa grandeza de su existencia como especie dominante.

El lugar donde estaba quien había sido el capitán Bernard Fokke era la nada absoluta, era la eternidad perenne, era todo lo contrario a la vida efímera y plena que había tenido antes, y ahora lo veía todo de forma clara y evidente. Este lugar no podía ser otra cosa sino la propia muerte, su propia muerte.

Y así, quien antes había sido Bernard Fokke comprendió también que con su muerte había alcanzado, sin embargo, la inmortalidad, pues esta nueva existencia, o no existencia, en la que estaba ahora y en la que seguiría para siempre le convertían en cierta forma en un ser eterno. Y mientras fuera consciente de ello sería realmente inmortal en su propia muerte.

43

La era de los hombres estaba aún muy lejos, a miles de millones de años en el futuro, cuando la era de la inteligencia ya comenzaba a dominar la galaxia en la que surgiría la humanidad. De un lecho cenagoso y húmedo en un mediano planeta oscuro girando alrededor de una estrella gigante roja que se encontraba a más de 2 400 años luz del Sol, había surgido, como lo había hecho en tantos otros lugares del universo, la vida.

En su origen era una vida simple y frágil que no parecía tener muchas probabilidades de medrar con éxito en esas condiciones tan cambiantes. Pero la vida siempre persevera en las adversidades y sabe adaptarse para sobrevivir y multiplicarse. De aquella primera y casi efímera vida primitiva y simple que había surgido en ese pequeño y oscuro planeta tan lejano a nuestro Sol, la evolución, sin prisa pero sin pausa, había ido seleccionando los especímenes que mejor supieron vencer a las dificultades y a la dureza del entorno en el que vivían, y después, los miles de millones de años que siguieron propiciaron finalmente el surgimiento de lo que podíamos llamar una incipiente inteligencia.

Lenta, pero inexorablemente, aquellos seres inteligentes comenzaron a dominar el mundo que les rodeaba y que les había hecho crecer. Al principio solo aprendieron a sacar el mayor partido del entorno en el que vivían. Luego empezaron a estudiar cómo funcionaba su mundo y permitieron y propiciaron la vida de los seres que podían serles más útiles mientras que forzaron la desaparición de aquellos otros que consideraron inútiles o peligrosos para su propia existencia.

No tardaron en desarrollar una tecnología cada vez más compleja y poco a poco dieron un paso más y comenzaron a explorar el espacio cercano a su Sol. Su mente aceleró de manera extraordinaria su desarrollo, dando un gran salto cualitativo tan enorme que ya casi superaba las capacidades y limitaciones físicas de su propio cuerpo. Así, y en otro avance evolutivo gigantesco, de seres que utilizaban máquinas para ayudarse pasaron a ser ellos mismos máquinas donde alojar sus mentes, librándose de esta manera de unos cuerpos que se dañaban y se degeneraban sin remedio con el paso del tiempo hasta la muerte celular.

Buscaron después la vida más allá de su mundo y de tanto buscar a veces la encontraron y la estudiaron para su beneficio. Y comprendiendo que de la vida surge tarde o temprano la inteligencia, y viendo que otras inteligencias solo podían representar un peligro para la suya propia, decidieron extirpar de raíz cualquier posible peligro futuro para su dominio total en el universo. Ellos se convirtieron en dioses y ellos decidían quién podía habitar su universo y quién no. Y su decisión siempre era que solo ellos podían habitarlo.

Pero no les bastó con explorar el espacio que rodeaba a su mundo, pues el universo es infinitamente vasto y su radio de acción, por muy avanzados que estuvieran, era muy limitado. Así que, recurriendo a un adelanto aún más drástico en su evolución tecnológica y en su devastadora paranoia, lanzaron al espacio en todas las direcciones partículas de energía, entes inteligentes emisarios de muerte, programados para explorar (y para decidir sobre la existencia de otras formas de vida) que eran capaces de viajar por todo el universo a la velocidad de la luz. Así, su letal poda sistemática de todo brote de vida, de inteligencia, en cualquier lugar del espacio se aceleró de forma exponencial.

Los milenios transcurrieron desde que iniciaran esta tarea de eliminación y sus emisarios estelares de la muerte siguieron imparables su labor destructiva en todos los rincones donde la casualidad les hacía llegar. Vagaban por el espacio y se multiplicaban sin cesar simplemente duplicándose para encontrar así el más mínimo inicio de la vida en cualquier rincón del universo al que llegaban. Después, sin piedad, acababan con ella antes de que otros seres inteligentes pudieran surgir y representar un peligro en un futuro lejano para la existencia de sus amos, amos que tal vez ya se hubieran extinguido muchos siglos atrás.

Y un día, como tenía que ocurrir tarde o temprano, una de estas partículas de la muerte alcanzó finalmente nuestro sistema solar. Primero exploró los planetas externos pero no halló allí ningún indicio de la vida que buscaba. Luego prosiguió por los gigantes planetas gaseosos, sin que tampoco allí encontrara ningún trabajo que realizar. Y por fin, cuando le tocó su hora, llegó al planeta Tierra, cayendo a través de la atmósfera en la cubierta de un gigantesco buque mercante, el "CSCL Mu Cephei", que iniciaba en ese instante su primer viaje entre Hong Kong y Los Ángeles.

Y siguiendo las claras, precisas y simples instrucciones que llevaba grabadas en su interior desde muchos miles de años antes, buscó la vida, la encontró y empezó a llevar a cabo su escrupulosa labor de eliminación. Una labor que no había hecho más que empezar en la Tierra, pero una labor que realizaría hasta completarla del todo. Como era su deber, su único y letal deber.

Javier Sánchez-Beaskoetxea

9 788846 087012 8